W0375435

CB | CULTURBOOKS

FRANK GÖHRE

VERDAMMTE LIEBE AMSTERDAM

KRIMINALROMAN

Originalausgabe
Copyright @ CulturBooks Verlag 2020
Gärtnerstraße 122, 20253 Hamburg
Tel. +49 40 31 10 80 81
info@culturbooks.de
www.culturbooks.de
Alle Rechte vorbehalten

Porträtfoto Frank Göhre: @ Greta Windfuhr

Redaktion: Jan Karsten
Herstellung: Klaus Schöffner
Satz: Dörte Karsten
Umschlaggestaltung: Cordula Schmidt
Druck und Bindung: CPI – Clausen & Bosse, Leck
Printed in Germany
3. Auflage 2021
ISBN 978-3-95988-147-0

Hochgeschwemmte Erinnerungen, Träume,
diese Blutergüsse der Seele.

Nach Hans Henny Jahnn,
»Fluss ohne Ufer«

EINS

Am zwanzigsten kurz nach neun nahm Schorsch den Anruf entgegen. Der Himmel grau in grau, der Strand menschenleer, das Meer aufgewühlt. Schorsch stand auf der Terrasse der Inselpension, die brennende Zigarette in der hohlen Hand, ein nasskalter Wind blies ihm ins Gesicht. Der Anrufer nannte Name und Dienststelle. Er entschuldigte sich und drückte sein Bedauern aus, bevor er Schorsch darüber in Kenntnis setzte, dass sein Bruder Michael auf einem Rastplatz der A3 kurz vor Köln tot aufgefunden worden war. Nach ersten Erkenntnissen sei er hinterrücks überfallen, niedergeschlagen und komplett ausgeraubt worden. Todesursache sei ein kräftig ausgeführter Schlag mit einem Knüppel oder einem Stahlrohr gewesen.

Schorschs Blick fixierte einen imaginären Punkt am bleiernen Horizont. Auf die Frage des Beamten antwortete er mit einem knappen »ich komme« und beendete das Gespräch. Er blieb noch eine Weile auf der Terrasse stehen und versuchte sich zu erinnern, wann genau er seinen Bruder zuletzt gesehen hatte. Nah stand er ihm schon lange nicht mehr, aber wie auch immer, er war das einzige noch lebende Familienmitglied gewesen.

Michaels schmales Gesicht war gebräunt, das dichte dunkelblonde Haar ordentlich gekämmt, rasiert hatte man ihn nicht. Um seinen Mund lag ein spöttischer Zug, Ironie, Überheblichkeit. So jedenfalls kam es Schorsch vor. So kannte er ihn, herablassend. Er nickte und wandte sich dann zur Tür.

»Ich habe noch ein paar Fragen«, sagte die ermittelnde Kommissarin. Schorsch hatte ihren Namen schon wieder vergessen. Sie war extrem dünn, hatte eine stark ausgeprägte Nase und trug eine John-Lennon-Brille.

»Ja?«, sagte Schorsch.

Die Kommissarin räusperte sich.

»In meinem Büro«, sagte sie.

Es war ein schlecht gelüfteter, fast quadratischer Raum im Parterre. Zwei Fenster zur Straße hin, auf den Fensterbänken verschiedene Kakteen und ein goldglänzendes Gießkännchen. Aktenschrank, Schreibtisch, zwei Besucherstühle. Behördenstandard.

Die Kommissarin nahm Platz und bedeutete Schorsch, sich ebenfalls zu setzen.

Er tat es.

»Sie haben also Ihren Bruder eine Ewigkeit – sagen Sie –, eine Ewigkeit nicht mehr gesehen. – Er lebte in Köln.«

Schorsch zuckte die Achseln.

»Gab es dafür einen Grund? Ich meine …« Sie blickte auf irgendein vor ihr liegendes Papier. »Ich meine, für den mangelnden Kontakt.«

»Wir hatten uns nicht mehr viel zu sagen.«

»Inwiefern?«

»Er hat sein Leben geführt, ich meins. Da gab es keine Gemeinsamkeiten.«

»Ihr Bruder hat dem Vernehmen nach als IT-Berater gearbeitet.«

»Sagt wer?«

»Seine Lebensgefährtin – eine Jutta Kotzke.«

Jutta! Seine Lebensgefährtin! Schorsch glaubte, nicht richtig gehört zu haben. Er brauchte einen Moment, bevor er reagierte.

»Nett«, sagte er dann.

»Wie bitte?«

»IT-Berater. Freiberuflich, nehme ich an. Was anderes wäre für ihn ja auch nicht infrage gekommen. Nur nichts Festes, nichts Bindendes. Frei, immer frei sein, von allem unabhängig. War ja auch möglich, anfangs jedenfalls. Aber wenn man mit Geld nicht umgehen kann – ach, was soll's!« Er machte eine knappe, abschließende Geste, hatte schon zu viel gesagt, zu emotional, zu heftig.

Die dürre Tante glotzte ihn an.

»War's das?«, fragte er.

Jutta Kotzke wohnte in der Altstadt, im vierten Stock über einer Eckkneipe, kein Fahrstuhl, die Treppe mit grün gesprenkeltem Linoleum ausgelegt. Schorsch war gut trainiert, nahm jeweils zwei Stufen auf einmal und war kein bisschen außer Atem, als er an der Wohnungstür klingelte.

Jutta schien nicht überrascht. Sie bat ihn herein, ging vor in einen großen, hellen Wohnraum, karg eingerichtet, den eine karminrot bezogene Récamiere dominierte.

»Seit wann wart ihr zusammen?«

Sie hob abwehrend die Hände.

»Das waren wir nicht«, sagte sie. Sie hatte sich kaum verändert. Sportlich schlank, das kupferfarbene Haar zu einem Pferdeschwanz zusammengebunden, perfektes Make-up, aber die Augen – er hatte sie anders in Erinnerung. »Das einzige Stück Papier, das Mike noch bei sich hatte, war meine Geschäftskarte. Ich habe denen gesagt, dass wir locker liiert waren. Mehr nicht – genau. Was die daraus machen, ist nicht mein Problem.«

Schorsch wischte sich mit der flachen Hand übers Gesicht.

»Hast du 'n Schluck Wasser?«

Sie sah kurz auf ihre Armbanduhr und ging wortlos nach nebenan. Er hörte sie mit Gläsern und Flaschen hantieren. Als sie zurückkam, reichte sie ihm ein hohes, geriffeltes Glas.

»Wodka Tonic«, sagte sie. »Ich nehme an, du hast deine Gewohnheiten nicht geändert. – Wie lange bleibst du?«

»Bis alles geregelt ist.«

»Ich habe noch einen Wohnungsschlüssel.«

Er nickte.

»Locker liiert also«, sagte er.

Jutta schüttelte den Kopf, nahm einen Schluck und trat ans Fenster, wandte ihm den Rücken zu. Schorsch registrierte, dass sich unter dem dünnen Stoff des beigefarbenen Kostümrocks ihr Slip abzeichnete. Es hatte Zeiten gegeben, da hätte ihn das erregt. Jetzt stellte er lediglich fest, dass ihr Hintern doch etwas breiter geworden war.

»Eines Abends stand er plötzlich vor der Tür. Keine Ahnung, wie er rausgekriegt hat, dass ich nach Köln gezogen war. Aber so was war für ihn ja schon immer ein Leichtes – genau. Wir haben miteinander geschlafen und dann immer wieder mal. Wenn es sich ergab. Zufrieden?«

»Wie gehabt. Mal mit ihm, mal mit mir.«

Sie lachte.

»Mein Gott! Ich hab keinem von euch je was versprochen.«

»Nur meine Kohle abgegriffen. Aber geschenkt. – Was war es bei Mike?«

Sie drehte sich zu ihm um, fixierte ihn.

»Zumindest in einem Punkt war er dir über«, sagte sie. »Er hatte Humor.«

Gegen drei in der Nacht wachte Schorsch auf. Er musste pinkeln. Im Bad sah er ungewollt in den Spiegel, schlaftrunken. Das Gesicht blass, tiefe Kerben an den Mundwinkeln, graue Bartstoppeln. Er sah scheiße aus. Er glaubte, von Jutta geträumt zu haben, von irgendeinem Badesee und einer Bullenhitze. Über nackte Haut krabbelnde Insekten. Leuchtendes Haar. Ein brennendes Gebüsch. Er drehte den Wasserhahn auf und trank einen Schluck.

Und dann war da wieder der reißende Bach. Die scharfkantigen Steine. Die Waldlichtung. Die durch das Geäst fallenden Sonnenstrahlen, ein Strahlenkranz. Und der Schrei, der durchdringende Schrei. Den hörte er seit Jahren immer und immer wieder, das ging nicht vorbei, war jedes Mal wie ein Stich ins Herz, mit eiskaltem Stahl.

Er fühlte sich einsam, alleingelassen, mehr denn je zuvor. Er dachte flüchtig daran, ob er mit Jutta hätte vögeln sollen. Der alten Zeiten wegen. Er betrachtete sein Spiegelgesicht, schüttelte den Kopf. Nein, es war gut, so wie es war.

Er ging zurück ins Zimmer, nahm ein Bier aus der Minibar und sah aus dem Fenster auf Bahnhof und Dom.

»M. Köster«. Computerschrift. Der schmale Papierstreifen war mit Tesa auf die dunkel gemaserte Holztür geklebt. Sie war nicht versiegelt. Schorsch schloss auf.

Es war ein geräumiges Einzimmerapartment mit Küchenzeile, möbliert mit Schlafcouch, Buchregal und Schreibtisch. Drei aufeinandergestapelte Alukoffer, ein Kleiderständer, an dem Hemden, Jacken und Hosen hingen, ein Trainingsbike am Fenster. Spartanisch. In der Hinsicht waren sie und auch Jutta sich ähnlich. Nur das Notwenigste an Einrichtung, kein Schnickschnack, keine Pflanzen, keine Blumen.

Die Luft war stickig.

Schorsch öffnete das Fenster.

Die hagere Tante im Präsidium hatte gesagt, dass Michaels PC noch gecheckt werde. Auf mögliche Tatverdächtige.

Schorsch hatte nur müde gelächelt.

Sein Blick fiel jetzt auf den Schreibtisch, auf das, mit dem er insgeheim gerechnet hatte. Das alte Einmachglas ...

FRÜHJAHR 1976 Sie sprangen aus dem Schulbus und rannten zum Haus. Hin zum Flachbungalow hoch über dem Fluss mit dem Blick auf die alte Burg. Mama Tilde stand in der offenen Haustür, und sie erschnupperten schon die Küchendüfte, Gebratenes und einen Hauch von Knoblauch.

»Spaghetti?«

»Das heißt Pasta, du Hirni!« Michael gab ihm einen Klaps auf den Hinterkopf.

Er schlug zurück. Mama Tilde trennte sie energisch.

»Nudeln mit Hack«, sagte sie. »Nudeln! Wascht euch die Hände und dann an den Tisch. Ich muss gleich noch mal los.«

»Wohin denn? Wohin?«

»Dürfen wir mit?«

»Was hab ich gesagt? Die Hände.«

Sie beeilten sich. Sie rückten ihre Stühle näher an den Tisch und verfolgten aufmerksam, was Mama Tilde dem einen und dann dem anderen auf den Teller schaufelte, bevor sie sich selbst bediente.

»Euer Vater hat angerufen, er bringt heute Abend jemanden mit. Er wünscht sich ein paar besondere Sachen, die bekomme ich nur in der Stadt.«

»Wer kommt denn?«

»Ja, wer wohl?«, sagte Michael. »'ne Tussi.«

»Michael! Das will ich nicht gehört haben.« Mama Tilde gab sich empört. Sie trampelten mit den bloßen Füßen auf den gekachelten Küchenboden, jauchzten.

»Hast du aber! Hast du aber!«, krähte Michael.

»Nee, mal ehrlich. Bringt er wirklich schon wieder 'ne Neue mit?«

»Was weiß ich. Er hat nichts weiter gesagt. Und jetzt Schluss damit«, sagte Mama Tilde und beugte sich über ihren Teller. Michael wechselte einen Blick mit ihm.

Später lungerten sie auf der breiten Couch vor dem Fernseher herum und sahen sich ein Video aus der Sammlung ihres Vaters an, »Columbo«. Sein Geistesblitz. Nicht das, was auf der Aufzeichnung des Telefonats zu hören ist, bringt die Lösung, sondern das, was nicht darauf zu hören ist.

»Wow!«, sagte Michael. »Das isses! Andersrum denken!« Er klatschte sich begeistert auf die Schenkel. »Wie wär's mit 'ner Runde Action?«

»Spritztour?«

»Ich weiß was Besseres.« Michael stand auf und winkte ihn mit sich. Er folgte ihm ins Arbeitszimmer ihres Vaters, an den Wänden gerahmte Stiche, Szenen aus dem Bergbau. Die Jalousien waren heruntergelassen, in der Luft der Geruch nach »Schwarzer Weisheit«, Papas Lieblingszigarre. Auf dem Schreibtisch eine schwarzlederne Federschale mit dem Logo des Konzerns und neben dem Telefon in einem schmalen Silberrahmen das Foto ihrer drei Jahre zuvor tödlich verunglückten Mutter.

Da waren sie zehn und elf gewesen.

Einen Moment lang betrachtete Michael das Bild, die Lippen zusammengepresst. Dann griff er nach dem bauchigen, mit Geldmünzen aus aller Welt gefüllten Glas: »Hier versteckt der Alte den Schlüssel zu seinem Waffenschrank, super, was ...?«

Im Bankfach der regionalen Sparkasse befanden sich einige Schmuckstücke der verstorbenen Mutter, dabei ein Amulett mit dem Porträtfoto der Brüder im Vorschulalter, fröhlich lachende Jungs, Kopf an Kopf. Außerdem eine Dokumentenmappe, ein schmales Notizheft mit einem zeitlosen Kalender und zu Schorschs größter Überraschung Wertpapiere in einem Gesamtwert von etwa fünfundsiebzigtausend Euro, Teufel auch. Da hatte Mike sich ja doch was beiseitegelegt. Interessant.

Schorsch steckte alles ein, ging nach oben in den Kassenraum und verabschiedete sich. Es war nicht mehr ganz so schwül wie gestern, es sah nach Gewitter und Regen aus. Schorsch strebte zügig auf ein nahe gelegenes Café zu. Es war klein und hatte etwas von einer bürgerlichen Wohnstube mit Kamin. Auf einem antiken Sideboard lagen Tageszeitungen, darüber hing eine alte Bahnhofsuhr. Eine gemütliche Atmosphäre, heimelig.

Schorsch bestellte Rührei mit Bacon, Marmelade und Toast und eine große Portion Kaffee. Noch bevor ihm das Frühstück serviert wurde, begann er, das Notizheft durchzublättern.

Es waren ausschließlich Zahlen und Daten aufgelistet, versehen mit Kürzeln, offenbar Abkürzungen von Städten, kreuz und quer durch die Republik: Mü und HH, Ro., Fl., Bi., Stg. und andere. Gleich mehrere Male war Amst. notiert, mit dem Zusatz P Hendrik H., das Prins Hendrik Hotel, Amsterdam vermutlich, in dem Chet Baker bei einem Sturz aus dem Fenster ums Leben gekommen war. Schorsch kannte es, hatte vor Jahren selbst dort übernachtet.

Er blickte auf.

Eine junge Serviererin trat an seinen Tisch und erledigte routiniert ihren Job. Inklusive eines Lächelns. Schorsch lächelte zurück. Das Rührei war mit Schnittlauch garniert, der ihm eingeschenkte Kaffee roch gut. Schorsch nahm einen Schluck. Er entdeckte ein weiteres Amst., versehen mit einem Fragezeichen und darüber Kö. => Minetti St./M. Campmann.

Schorsch glaubte zu wissen, was das hieß. Aber er kam nicht sofort darauf. Minetti Stadt, Minetti Stadt – das war klar. Aber ... beim Verzehren des Rühreis hatte er es dann.

Ihr Vater. Der Herr Papa. Seine morgendlichen Kommentare zu Zeitungsmeldungen und Berichten. Zu Politik und Kultur: »Minetti! Der große Minetti! Dieses Jahr muss ich es schaffen! Er ist mit seinem Thomas-Bernhard-Stück auf den Ruhrfestspielen!«

Die Ruhrfestspiele in Recklinghausen. Die Minetti-Stadt ihres Vaters.

Und Campmann? M. Campmann?

Der Himmel hatte sich noch mehr bezogen. Aus weiter Ferne war ein Donnergrollen zu hören. Passanten hasteten an Schorsch vorbei.

Hohe Straße. Der WDR. Die Domplatte.

Auf den Treppenstufen hockten abgewrackte Typen, umklammerten Bierdosen, bedröhnten sich. Zwei magere Hunde hechelten asthmatisch.

Im Hauptbahnhof suchte Schorsch sich eine einigermaßen ruhige Ecke. Er zog sein schlichtes Handy hervor und wählte die gespeicherte Nummer seines Hamburger Lokals. Bonnie meldete sich.

»Wie läuft's auf der Insel?«

»Ich musste nach Köln«, sagte Schorsch. »Mein Bruder ist tot.«

»War er krank?«

»Ein Überfall. Angeblich. Dünn, sehr dünn. Eine scheiß Ermittlung – kommt ihr zurecht?«

»Immer. – Mein Beileid. Brauchst du Hilfe?«

»Nein, im Moment nicht. Ich melde mich dann.«

»Jederzeit«, sagte Bonnie.

»Wie macht sich Khasib?«

»Er ist in Ordnung«, sagte Bonnie. »Guter Typ. Ich hab ihm Papiere besorgt.«

Schorsch sagte nichts dazu. Nachdem er sich ausgeklinkt hatte, suchte er in den Kolonnaden des Bahnhofs nach der Parfümerie.

Jutta war allein im Geschäft. Sie hatte ihr Haar heute hochgesteckt, trug einen dunklen Hosenanzug, das auf

Taille geschnittene Jackett über der weißen Bluse stand offen, alles top.

»Wie ist das Hotel?«, fragte sie.

»Ich habe von dir geträumt.«

Sie lachte. Es war ein gelöstes, ein fröhliches Lachen.

»Soll ich raten?«

»Was?«

»Deinen Traum. Ich bin sicher, es ging um Sex.«

»Der Gedanke kam mir erst, als ich wach war.«

»Ich schließe um achtzehn Uhr«, sagte sie. »Wir können zusammen essen gehen.« Schorsch sah sie mit hochgezogenen Brauen an. Sie zuckte mit den Schultern. »Es gibt keinen Grund, sich gegenseitig was nachzutragen. Ich seh das locker – genau.«

Schorsch tat, als müsste er darüber nachdenken. Abwägen.

»Wenn ich rechtzeitig zurück bin«, sagte er dann. »Ich hab noch was zu erledigen. – Hat Mike mal Recklinghausen erwähnt? Was er dort zu tun hatte?«

»Schorschi – ich hab's dir gestern schon gesagt. Wenn wir zusammen waren, hatten wir Spaß. Was er sonst noch getrieben hat, hat mich genauso wenig interessiert wie umgekehrt. Nenn es oberflächlich oder wie auch immer, aber das war nie Thema ...«

SOMMER 1976 Sie hechtete ins Wasser, kraulte raus bis zur Begrenzung des Freibads, die Clique am Ufer johlte, schickte ihr anfeuernde Rufe hinterher. Sie war der Star. Die rote Jutta, einfach spitze, ein Wahnsinnsgeschoss. Von allen Jungs begehrt, doch keiner konnte mit ihr angeben.

Es war Hochsommer, Sommerferien in NRW. Sechs Wochen mit endlos erscheinenden Tagen. Tage im Freien, unten am Fluss oder mit dem Fahrrad raus an den See.

Er hockte mit Mike etwas abseits.

Mike zeichnete Striche und Kreise in den Sand, irgendwelchen kruden Scheiß. Er war sauer, stinksauer.

»Ich lass mir nichts mehr von der Ziege sagen, die kann mich. Sie ist nicht unsere Mutter, sie ist gar nichts, sie ist 'ne scheiß dämliche Kuh.«

»Dafür hat sie den Alten aber ganz schön eingewickelt. Echt raffiniert, das muss man ihr lassen.«

Mike war noch nicht fertig.

»Noch so 'n Klopper«, sagte er, »und ich feg ihr eine, ehrlich!«

Sie hatte ihn aufgefordert, den Abfluss der Duschkabine sauber zu machen. Er war verstopft. Mit Haaren. Mit ihren Haaren. Nur sie stand täglich unter der Dusche, ewig lang. Blockierte das Bad, hinterließ es wie Sau und gab ihnen die Schuld – den pubertierenden Flegeln, aufsässig und respektlos. Sie ließ nichts aus, um sie schlecht zu machen, schikanierte sie, war hundsgemein. Und Papa sagte nichts.

»Vielleicht 'n Fegeschuss.«

»Fangschuss, du Hirni!«, blaffte Mike ihn an.

»Weiß ich doch.«

»Dann sag's auch. Ist nämlich gar nicht so blöd.«

»Wie meinst du?«

»Sollte man in Erwägung ziehen.«

»Was? Du spinnst doch!«

Mike stand auf. Er wischte mit dem Fuß weg, was er in den Sand gekritzelt hatte, zog seine Badehose zurecht, schlug ein Rad und noch eins und ging am Ufer breitbeinig in die Hocke. Er sah Jutta entgegen, die nach einer Runde im See brustschwimmend auf ihn zu kam.

»Hol uns mal drei Capri!«, rief er ihm zu.

Fangschuss! Das war doch krank, das konnte Mike nicht ernst meinen.

Er sah ihn vor sich, Vaters Jagdgewehr im Anschlag, den Finger am Abzug. Ein Schuss. Ein tödlicher Schuss. Ein Mord.

Er kaute noch daran herum, als Jutta aus dem Wasser stieg und zu ihnen kam. Sie rissen das Papier von den Eislutschern, Jutta sah von einem zum anderen.

»Miese Laune?«

»Strategiespiele«, sagte Mike. »Ich bin dabei mehr der offensive Typ.«

»Wobei?«

»Was würdest du tun, wenn dich jemand total abnervt?«

»Gar nicht erst hinhören«, sagte Jutta.

Mike sah sie mitleidig an.

»Wie Schorschi – wegducken und die Schnauze halten.«

»Ey, das stimmt nicht! Das hab ich nie gesagt!«

»So bist du aber!«

»Das ist jetzt echt mies!«

»Das finde ich auch«, sagte Jutta. »Und wenn du meinst, das imponiert mir, hast du dich geschnitten.« Sie beugte sich zu ihm rüber und hauchte ihm einen Kuss auf die Wange. Ihm! Dem Kleinen! Dem Hirni! Sein Herz klopfte wie verrückt. Er wurde knallrot.

Er bremste ab, schlug das Steuer nach rechts ein. Beinahe hätte er die Abzweigung verpasst. Noch neun Kilometer bis zur City. Schorsch orientierte sich an der

Ausschilderung zum Bahnhof. Sein 71er Saab hatte eine gute Straßenlage. Er hatte ihn vor zehn Jahren aus erster Hand gekauft, Bonnie hielt ihn bestens in Schuss. Mit Fahrzeugen kannte er sich aus. KFZ-Meister. Mit einer allerdings nicht ganz sauberen Vergangenheit.

Schorsch lächelte in sich hinein.

Am Bahnhof fand er vor einem Döner-Imbiss einen gebührenfreien Parkplatz. Er fragte sich nach einem Internetcafé durch, in dem er im Telefonbuch der Stadt nach dem Namen »Campmann« suchte.

Es gab drei Adressen.

ZWEI

Zum Ausklang der Trauerfeier sollte es krachen. Deep Purple, »Smoke On the Water«. Ein Intro wie Hammerschläge. Doppelgriffe auf der Leadgitarre. Knallharte Riffs. So hatte er sich das schon vor Jahren gewünscht. Im Suff. Da hatte er sich nicht träumen lassen, dass es einmal genau so mit ihm zu Ende gehen würde. Mit einem krachenden Schuss. Einem Querschläger, der einen Heizkessel im Lager des Baumarkts zur Explosion brachte. Bamm-bamm-bamm! Ein großes Bamm-bamm!

Hochschlagende Flammen, Rauch.

Rauch über der Halle am Rande der Stadt.

Er war in den Flammen umgekommen. In Ausübung seines Berufs, seiner Pflicht als POK. Der Schuss aus der Waffe eines gewalttätigen Einbrechers verfehlte zwar den achtunddreißigjährigen Polizeikommissar Werner C. aus Recklinghausen, der Einsatz aber wurde ihm dennoch zum Verhängnis.

Ihr habt jetzt Trauer, aber ich werde euch wiedersehen, und euer Herz wird sich freuen. Johannes 1, Vers 22.

Bamm-bamm-bamm! »Smoke On the Water«.

Die Türflügel der Kapelle wurden geöffnet. Hinter dem Pfarrer trugen sechs uniformierte Kollegen Werner Campmanns Sarg. Sein Partner auf Streife stützte die Witwe. Die Tochter ging neben ihr her, den Kopf gesenkt, in der Hand die Papierblume, die ihr der Vater auf der Herbstkirmes geschossen hatte.

Als sich endlich die letzten Trauergäste verabschiedet hatten, schloss und verriegelte Martina die Haustür, zündete sich erleichtert eine erste Zigarette an und nahm die Wodkaflasche aus dem Kühlfach. Sie goss ein Wasserglas halb voll, nahm einen kräftigen Schluck und fühlte sich gleich besser. Der Druck wich. Der Druck, Trauer zeigen zu müssen, Fassungslosigkeit, Entsetzen und diesen ganzen Scheiß. Diese elende Heuchelei.

Sie war froh, dass das Arschloch endlich aus ihrem Leben verschwunden war. Gottes Hand, Gottes Fügung. Mein Gott, wie hatte sie ihn in all den Jahren gehasst. Gerade mal zwanzig war sie gewesen, als sie sich in diesen Polizeischüler verknallt hatte, der vom Äußeren her eher auf der anderen Seite des Gesetzes zu vermuten war. Was war er ihr cool vorgekommen. Ein typischer Vorstadtcasanova, von dem sie bei einem Karnickelfick am Ufer des Rhein-Herne-Kanals schwanger geworden war. Schnelle Hochzeit, dann Happy Birthday, kleine Suse, Suse schmuse, Susanna Magdalena Campmann, katholisch getauft mit allem, Papas Liebling.

Und sie war raus. Wurde fortan nur noch zurechtgewiesen, zusammengestaucht, niedergemacht und mit üblen Sprüchen bedacht, hart rangenommen, wenn er breit war und Bock hatte.

Aus die Maus.

Sie schenkte sich noch einmal ein, Teufel auch, tat das gut. Die nächste Zigarette und Tänzelschritte auf den Fliesen, schöne Küche, blitzblank. Perfekt eingerichtet mit Eisspender und Fritteuse, alles da, der Kühlschrank reichlich gefüllt. Sie dachte kurz daran, ein paar Eier in die Pfanne zu schlagen, trank und rauchte stattdessen aber doch weiter und versuchte, Schönes zu erinnern, heitere Tage und unbeschwerte Stunden. Darüber schlief sie ein, zusammengesackt auf der Eckcouch, das ihr aus der Hand geglittene Glas auf dem Teppichboden, in einer Wodkapfütze.

»Ma! Ma! Wach auf, ich muss los!«

Martina schreckte hoch, riss die Augen auf, ein höllischer Schmerz durchzuckte ihr Hirn.

Mein Gott!

Suse sah auf sie herab. Eine wabernde Erscheinung.

»Suse – Liebes«, brachte Martina hervor. Sie rappelte sich mühsam auf, schluckte. Ihr gelang ein trockenes Schluchzen: »Ich werd nicht ... fertig damit, tut mir leid. Es schmerzt ... es schmerzt so sehr.«

»Ich geh nach der Schule mit zu Iris, du brauchst mir nichts hinzustellen. Vielleicht übernachte ich auch bei ihr.«

»Ich bin da, Liebes, ich bin da.« Ungelenk umarmte sie ihre Tochter und schämte sich sofort dafür. Ihr Mund war staubtrocken, und das Pochen in ihrem Schädel nahm zu. Suse löste sich.

»Wir telefonieren«, sagte sie und ging.

Sie ging, ihre Kleine, die nicht mehr ganz so klein war, eine schon sehr erwachsen wirkende Fünfzehnjährige, knapp Fünfzehnjährige.

Mit hängenden Schultern sah Martina ihr nach.

Am späten Nachmittag rief Klaus an. Er war noch im Dienst, sprach mit entsprechend verhaltener Stimme.

»Kommst du zurecht?«

»Muss ja«, sagte sie und lachte ein freudloses Lachen. »Das Leben geht weiter.« Sie stand an der Fensterfront zur Terrasse. Die Gartenstühle waren mit der Lehne an die Tischplatte gekippt, der Grill musste gesäubert werden, und auch sonst gab es draußen wie drinnen einiges zu tun. Martina nahm sich vor, noch heute damit anzufangen, ihrem Kopf würde es auf jeden Fall guttun, keine Frage, ehrlich.

»Wenn du was brauchst«, sagte Klaus.

»Danke, aber ich bin Montag wieder auf der Arbeit.«

»Ich meine ... ich hab am Wochenende frei.«

Martina zog die Augenbrauen hoch. Sie ließ einige Sekunden verstreichen, atmete dann hörbar tief ein.

»Ich glaube«, sagte sie, »das ist keine gute Idee.«

»Natürlich, natürlich. Du hast ja recht. Du sollst auch nur wissen, dass ich ... Werner war schließlich mehr für mich als nur ein Kollege.«

»Ja.«

»Ich fühl mich irgendwie ver... verantwortlich.«

»Klaus, du bist wirklich ein Lieber. Aber im Moment ... ich melde mich dann bei dir, okay?«

»Ja, ja – klar«, nuschelte er, und Martina beendete das Gespräch mit einem Dank für den Anruf. Sie blieb noch eine Weile am Fenster stehen, das Handy in der einen Hand, die andere an ihrer linken Brust.

Klaus.

Klaus ...

Sie hatte gerade erst die Umkleide betreten und ihre beiden Kolleginnen begrüßt, als Blömkes Lautsprecherstimme ertönte. Bitte umgehend ins Büro.

Martina stellte den Matchbeutel ab, schnappte sich ihren Kittel mit dem Supermarktlogo und durchquerte die Lagerhalle. Auf der Außentreppe zum Büro des Filialleiters knöpfte sie auch noch den letzten Kittelknopf zu.

Blömke stand von seinem Schreibtisch auf und kam ihr entgegen. Er trug eine helle Bundhose, Ledersandaletten und ein hellblaues kurzärmeliges Hemd. Er ergriff ihre Hand, drückte sie und bekundete sein Beileid.

»Dass Sie gleich wieder mit im Geschirr sind – ich weiß das zu schätzen, Martina, ich weiß das wirklich sehr zu schätzen. Zumal ich organisatorisch einige Umstellungen vorzunehmen habe, nichts sonderlich Gravierendes, aber die Lagerverwaltung soll sozusagen personell aufgefrischt werden. Ich hab da an Sie gedacht.« Er reckte sich ein wenig, schaute sie abwartend an. Er war einen halben Kopf kleiner als sie, gut zehn Jahre älter und übergewichtig. »Sie sind dann natürlich auch in einer höheren Lohnstufe.«

Martina nickte. Sie lächelte ein dankbares Lächeln, ein herzliches Lächeln. Es fiel ihr leicht.

»Das ist ... ich weiß nicht, was ich sagen soll.«

»Schon gut, schon gut«, sagte Blömke. »Sagen Sie Doro Bescheid, dass sie Ihre Kasse übernehmen soll. Ich geh dann mit Ihnen noch die Übernahme durch.«

Nach etwa einem Monat, an einem Samstagvormittag, lud Blömke sie zum Griechen ein, kleine Anerkennung, haben sich hervorragend eingearbeitet.

Martina rief ihre Tochter an und teilte ihr mit, dass es heute Abend bei ihr spät werden würde, eine kleine Firmenfeier, tut mir leid, Liebes, das hatte ich total vergessen.

Sie wusste genau, was Blömke im Sinn hatte, und so kam es auch.

Ein Absacker in der Hotelbar, ein reserviertes Zimmer, hektisches Gegrapsche. Martina gab sich bereitwillig hin. Blömke drang in sie ein, erschlaffte rasch und knutschte sie wild ab, Mund, Hals und Brüste.

Dann grinste er sie an, überaus zufrieden mit sich.

Am Montag danach schickte die Zentrale einen dem Personal unbekannten Mitarbeiter. Blömke, so hieß es, habe am Wochenende einen Unfall gehabt und liege im Krankenhaus. Er wolle aber von niemandem besucht werden. Die Belegschaft der Filiale sammelte für einen schönen Strauß Herbstblumen und legte eine von allen unterschriebene Karte mit den besten Genesungswünschen bei.

DREI

Polizeihauptmeister Klaus Probst checkte seinen Kontoauszug, die Abbuchungen für Miete, Strom und Wasser, alles korrekt, Gebühren und Sollzinsen hielten sich in Grenzen. Von der letzten Barentnahme hatte er noch circa hundertzwanzig Euro bei sich. Das musste reichen für das Wochenende mit den Jagdfreunden, für seinen Anteil an Essen und Getränken und Sprit für den Wagen. Sie waren zu viert, eine super Truppe, Uwe, ein Kollege aus seiner Einheit, ein echt harter Hund, außerdem ein Gebrauchtwagenhändler und ein Versicherungsvertreter, die Jagdhütte im Münsterland mieteten sie von Saison zu Saison neu.

Klaus Probst verließ die Bankfiliale am Marktplatz. Ein paar Leute saßen noch draußen vorm Café, trugen aber wattierte Westen und Jacken, Strickmützen und Schals. Nicht sein Ding. Er war am liebsten draußen bei moderaten Temperaturen oder in Bewegung.

An einem der Tische bemerkte er Suse. Sie beugte sich über ein Buch.

Klaus schlenderte zu ihr, pfiff vor sich hin. Suse sah erst auf, als er direkt vor ihr stand. Sie legte den Schreibstift aus der Hand und klappte das Notizbuch zu. Es war ein Moleskine, auf das sie silberne und rosa Sternchen geklebt hatte.

»Schön, dich zu sehen«, sagte Klaus. »Bei euch zu Hause alles okay? Darf ich?« Er setzte sich schon zu ihr.

»Ich muss oft an Papa denken.« Es überraschte Klaus, dass sie so offen und direkt antwortete.

»Geht mir nicht anders.«

»Du warst richtig gut mit ihm befreundet.«

»Wir waren in einer Klasse, also in der Grundschule. Ich war kräftiger, er war schlauer.«

»Aber Papa ist tot.«

»Das war ... das war ein Unfall, da konnte man nichts machen. Das kann jedem von uns passieren.« Er nestelte nach seinen Zigaretten, klopfte eine aus der Packung und zündete sie an. »Sorry, ist das okay? Dass ich rauche?«

»Voll okay«, sagte Suse. »Ma qualmt total viel, das finde ich nicht so gut.«

»Ich würde euch ja gern mal wieder besuchen.«

»Dann komm doch vorbei.«

Klaus wiegte den Kopf.

»Ich weiß nicht, ob das deiner Mutter recht ist.«

»Habt ihr Streit?«

»Nein, nein – absolut nicht. Aber sie wollte sich melden, wenn sie ... na ja, wenn sie einigermaßen drüber weg ist.«

Suses Blick verschattete sich.

»Das ist ... sie ist wie immer«, sagte sie. Klaus suchte ihren Blick. »Sie arbeitet ja auch schon wieder.«

»Da hab ich sie aber nicht mehr gesehen.«

»Nicht an der Kasse. Sie ist jetzt hinten im Büro.«

»Ah ja?«, sagte Klaus. Mehr wusste er nicht zu sagen. Nicht zu Suse. Er verspürte eine Mischung aus Enttäuschung und Wut. Unwillkürlich zuckte sein linkes Bein. Er rückte den Stuhl zurück, war im Begriff, einen einigermaßen geschmeidigen Abgang zu machen, als Suse auf einmal zu heulen begann.

Er presste sich mit dem Rücken an die Hofmauer, an den kalten Stein, die Waffe mit beiden Händen gefasst, die Arme angehoben, Scheinwerferlicht erfasste, blendete ihn, das Tor öffnete sich einen Spaltbreit, Mündungsfeuer blitzte auf.

Papa ist tot, Papa ist tot.

Ein dünnes Stimmchen.

Er brachte die Waffe in Anschlag, stand jetzt breitbeinig da.

Zeig dich, du miese Ratte.

Er schoss, er leerte das ganze Magazin. Ein riesiger Feuerball stieg auf.

Papa, Papa!

Er lud nach, rannte schießend auf das Tor zu. Eine Hitzewelle schlug ihm entgegen. Er taumelte, stürzte und landete in einer Blutlache. Etwas Weiches klammerte sich an ihm fest ...

Klaus wachte auf. Er war nass geschwitzt.

Er richtete sich auf, atmete tief durch. Vergiss diesen beschissenen Einsatz endlich, sagte er sich. Vergiss ihn, du hast keine Schuld.

Uwe schnarchte.

Klaus schwang die Beine von der Liege, schlich zur Kochnische und nahm ein Bier aus dem Kühlschrank. Seine Zigaretten lagen bei den Spielkarten auf dem Tisch. Im Freien pisste er erst einmal, zündete sich dabei schon eine Kippe an. Papa ist tot, Papa ist tot.

Er sah Suse vor sich. Ein hübsches Ding, so ein hübsches Ding. Und die Mutter kümmerte sich nicht.

Klaus blickte hoch zum Himmel. Er war dunkel, kein Stern war zu sehen. Ihm wurde schwer ums Herz. Für einen Moment stellte er sich vor, gemeinsam mit Martina und Suse am Frühstückstisch zu sitzen.

Die Meldungen am Morgen.

Die Oldies. »Hotel California«. »Money, Money, Money«. »Another Brick in the Wall«.

Das Wetter. Die Verkehrsmeldungen.

Er sah Suse das Haus verlassen.

In seiner Vorstellung trug sie eine Schuluniform und weiße Kniestrümpfe.

Er schloss die Augen, um das Bild zu halten.

VIER

Die erste Campmann-Adresse hatte nichts gebracht. Eine eingeheiratete Polin, burschikos, nett. Sie hatte Schorsch hereingebeten. Kaffee? Wasser? Auch rauchen, gerne. Sie kannte nur die Verwandtschaft ihres Mannes und die drei, vier Familien, bei denen sie stundenweise putzte, gute Leute, wie Freunde. Schorsch hatte länger mit ihr geplaudert. So war es früher Abend geworden, als er bei Werner Campmann klingelte. Ein klassisches Einfamilienhaus mit Vorgarten und Jägerzaun, Heckenrosen und Wasserbecken, auf dem zwei Plastikenten schwammen. Neben der Haustür eine blau gestrichene Bank, griechisches Blau.

Schon bei den ersten Worten der Frau, die ihm öffnete, wusste Schorsch, dass sie log. Sie war zusammengezuckt, war einen Moment lang irritiert, und haspelte dann herunter, sie kenne keinen Michael Küster oder Köster, wer das denn behaupte, unmöglich, dieses Gerede, wie kommen die Leute dazu, ich laufe doch auch nicht rum ... nein, nein, tut mir leid, da kann ich Ihnen nicht helfen. Aus dem Hintergrund fragte eine Männerstimme, wer denn da geklingelt habe, Schorsch erhaschte einen kurzen Blick in Flur und Wohnzimmer. An der Garderobe hing eine Uniformjacke der Polizei NRW, Landeswappen am Ärmel.

Die Frau schlug ihm die Tür vor der Nase zu.

Campmann. M. Campmann?

Langsam ging Schorsch zurück zu seinem Wagen. Er sah sich nicht um. Er wusste, dass die Frau am Fenster stand, verdeckt von der Gardine.

Hinter dem Steuer seines Saab schaute er stur geradeaus, startete und ließ den Wagen im zweiten Gang an den eng nebeneinanderstehenden Vororthäusern vorbeirollen, eins wie das andere, knapp einen Kilometer bis zur Gabelung City/Autobahn.

Schorsch nahm die Straße Richtung City. Zum zweiten Mal an diesem Tag. Hier war er noch nicht fertig. Nicht nach solch einem Abgang.

Die Hotelpension Tiedje befand sich auf der Etage über einem Coffeeshop, vor dem Tische und Stühle standen. Doch jetzt war es schon zu kühl und das Angebot auch nicht gerade der Hit. Tiedje aber bot in seiner Frühstücksstube seinem einzigen Gast Alkohol aus der Kühltruhe an, Flaschenbier und Strohmann-Wodka, vierzig Prozent. Schorsch mochte den Mann auf Anhieb. Ein bodenständiger Typ, geradeheraus.

Er hängte sein Cordjackett über die Stuhllehne, setzte sich breitbeinig hin und legte Zigaretten und Feuerzeug vor sich auf den Tisch.

Tiedje brachte die Getränke. Die Bierflaschen hatten einen Bügelverschluss, die Fläschchen 0,05 Liter Wodka waren eiskalt.

»Hab ich unter den Eiswürfelbeuteln«, sagte Tiedje. »Für später, wenn Se sich selbst bedienen.«

»Schorsch«, sagte Schorsch.

»Hans«, sagte Tiedje. Sie ließen die Verschlüsse pfloppen und stießen an. Hans nahm einen ersten langen Zug. Tat ihm sichtlich gut, schön herbes Pils. »Ist öde geworden hier«, setzte er dann an. »In der ganzen Stadt.

Die großen Läden haben dichtgemacht, die kleinen waren schon vorher platt. Drüben, die Passage, soll an die Chinesen verkloppt werden, an die Chinesen, da wirste doch nicht mehr. Ich seh dat schon vor mir, überall die kleinen gelben Männchen um dich rum, wie se auf ihre Elektrik rumhacken.«

»Nicht schön.«

»Du sachst et. – Ich hab jetzt eine Nacht notiert. Bleibt et dabei?«

»Ich bin mir noch nicht sicher. Hängt davon ab, was sich morgen noch ergibt.«

»Wat soll et denn sein? – Muss ich aber auch nichts von wissen.«

»Nee, ist schon gut.« Schorsch zündete sich eine Zigarette an, dachte kurz darüber nach, wie er es anfangen sollte. »Ich war bei einer Frau Campmann, draußen in der Nordsiedlung, um sie nach meinem Bruder zu fragen. Er ist vor wenigen Tagen überfallen und getötet worden.«

Hans seufzte. Sein schwerer Körper schien in sich zusammenzusacken.

»Übel«, sagte er. »Mein Beileid.« Sie nickten sich zu und hoben die Wodkafläschchen. Der Schnaps war von durchschnittlicher Qualität, putzte aber ordentlich den Rachen. »Und die Frau ...?«

»Fehlanzeige. Sagt sie. Will nie was von ihm gehört haben.«

»Campmann, sachst du? – Wenn das die von der Supermarktkasse ist, ist sie bekannt.«

»Inwiefern?«

Hans bediente sich bei Schorschs Zigaretten, gab sich Feuer. Er sog an der Kippe, musste husten und rauchte weiter.

»Ging hier kurz durch die Presse, vor drei, vier Monaten. Ihre Tochter war über Nacht verschwunden, war fünfzehn oder so, auf jeden Fall noch Schule. Erst glaubte man an irgendein Verbrechen, aber dann war nix mehr zu hören. War wahrscheinlich nur von zu Hause abgehauen, wegen Stress und so Sachen, kennt man ja …«

HERBST 1982 »… es war echt gut, kein Ziel zu haben, sich treiben zu lassen. Bin jetzt seit einigen Tagen in New York, und das ist der totale Wahnsinn. Eine irre Stadt. Jede Menge verrückter Typen, die einfach was machen. Bilder, Gedichte, Musik. Das können wir doch auch, richtig loslegen, wir haben ja genug im Rücken …«

»Jaja – da musst du mich nicht dran erinnern«, murmelte er.

Hanna horchte auf.

Sie lag neben ihm auf der Matratze ihres WG-Zimmers und zog den ersten Joint des Tages durch. Es war Herbst, ein sonniger Herbstvormittag. Vor dem Fenster des Altbaus die goldgelben Blätter einer Platane.

»Gedankenblitze, zack-wow!!! Große Erkenntnis?«

»Mein Bruder ist in New York.«

»Super.«

Er faltete den blauen Luftpostbrief wieder zusammen und robbte sich näher an sie heran.

»Geht das klar, heute Abend bei deinem Alten?«

»Logo«, sagte Hanna. »Ich brauch Kohle.«

Er betrachtete sie, lächelte ein kleines Lächeln. Sie war ein aufgewecktes Girl, eine typisch norddeutsche Blondine, sauhübsch.

»Glaubst du, er hat 'n offenes Ohr für geile Projekte?«

»Wie mich in alle Ewigkeit zu vögeln? Stark und fest bis in den Tod?«

»Ewig lang bestenfalls«, sagte er und lachte, strich sich das Haar aus der Stirn. »Nein, nein – ich will mit ihm über die Kneipe am Hamburger Berg reden.«

»Eine Kneipe? Die gehört Pa? Was willst du denn damit?«

»Pachten. Sie gehört seiner Brauerei. Und was ich damit will – eine Location für Livemusik, Baby, nur am Wochenende. Blues, Rock, kleine Formationen. Und wechselnde Fotoausstellungen. Denk ich gerade dran, weil mein Bruder schreibt. Big-City-Atmosphären und Rotlichtviertel aus aller Welt. New York, Rio, Tokio, Singapur und, und, und.«

»Echt jetzt?«

»Absolut. Ist mein großer Traum. Seit ich hier aufgeschlagen und mit dir um die Häuser gezogen bin. – Hey, das wär's doch! 'n geiler Musikschuppen auf der Meile ...«

Tiedje servierte eine große Kanne Kaffee und frische Brötchen. Er rieb und knetete seinen Nacken, schaute theatralisch zur Decke hoch.

»Der letzte Schluck«, sagte er.

»Der letzte Schluck«, bestätigte Schorsch.

»War aber 'n schöner Abend.«

»Kann sein, dass ich noch bis morgen bleibe.«

»Geht klar. Ist nicht gerade Hochsaison im Pott.«

Er ließ Schorsch allein.

Schorsch war schnell durch mit dem Frühstück. Kurz nach neun verließ er das Hotel und stand knapp fünfzehn Minuten später vor dem Supermarkt.

Es war einer der typischen Flachbauten mit einem Parkplatz so groß wie ein Fußballfeld. Direkt gegenüber dem Eingang eine Imbissbude, aktuelles Sonderangebot: Kochwurst mit Rübenmus.

Schorsch benötigte keinen Einkaufswagen, keinen Einkaufskorb.

Er checkte die drei Kassen ab.

An keiner saß die Campmann.

Schorsch entdeckte sie schließlich weit hinten an der Fleischtheke, doch bevor er sie erreicht hatte, war sie verschwunden. Durch die Schwingtür. Zugang nur für Personal. Schorsch fragte erst gar nicht nach. Er kaufte eine Tüte Lakritzbonbons und suchte draußen nach dem Lieferanteneingang. Er lehnte sich zwischen zwei Abfallcontainern an die Wand und wartete.

Eine halbe Stunde verging. Eine Dreiviertelstunde.

Schorsch rauchte eine zweite Zigarette. Er dachte an Michael. Kurz nach dem Abi abgehauen, nachdem auch der letzte häusliche Halt weggefallen war, die treue Mama Tilde. An ihrem Grab hatten sie geheult. Der Tod ihres Vaters hatte sie weitaus weniger berührt. Und seine Zukünftige ... Schorsch schnaubte bitter, verspürte wieder diesen kalten Stich, er nahm ihm für einen Moment den Atem.

Vorbei, es ist vorbei. Er schnippte die Kippe weg.

Nach gut einer Stunde erschienen zwei junge Frauen, machten Zigarettenpause. Hatten sich deutlich vernehmbar viel zu erzählen. Checkten dabei ihre Handys.

Lachten.

Dann kam die Campmann dazu, und die Mädels wurden still.

Verdrückten sich. Die Campmann hatte dafür nur ein Achselzucken.

Schorsch trat aus der Deckung. Er hob warnend die Hand.

»Hauen Sie nicht ab! Wir reden jetzt Tacheles, verstanden? Keine Spielchen.«

»Ich ... ich rufe ...«

»Sie beantworten meine Fragen. Sonst nichts.« Er war jetzt bei ihr, dicht vor ihr.

»Michael Köster. Mein Bruder. Er war bei Ihnen ...«

»Nein, nein, ich kann ... ich kann Ihnen nichts sagen.«

»Er ist tot«, sagte Schorsch.

Sie riss entsetzt die Augen auf, schlug sich die Hand vor den Mund. Fing sich wieder.

»Tot ...?«

»Totgeschlagen und ausgeraubt. Anfang der Woche, nachts. Auf einem Autobahnrastplatz nicht weit von hier. Also – was hatten Sie miteinander zu tun?«

Sie atmete schwer. Eine schlanke, gut aussehende Frau Ende dreißig, schätzte Schorsch. Starke erotische Ausstrahlung. Keine Ringe an den Fingern, nur eine Billiguhr am Handgelenk. Sie schien reden zu wollen, brachte aber nichts heraus.

Schorsch fasste sie an den Schultern. Mit leichtem Druck.

Sie presste die Lippen aufeinander, kämpfte mit sich.

Schorsch sagte nichts. Er ließ ihr Zeit.

»Er ... er wollte ... er wollte sich noch einmal melden. Er hat gesagt, dass er einen Hinweis hat. Suse, Susanna ... meine Tochter. Sie ist über Nacht verschwunden ... und Ihr Bruder hat ... er hat mir versprochen, sie zurückzubringen.«

»Das ist ... Herrgott noch mal, das ist doch absurd! Wie kommt er dazu? Was hat er Ihnen da nur vorgemacht ...?!«

Von Recklinghausen nach Haltern am See waren es knapp zehn Autominuten. Schorsch hielt sich an die Geschwindigkeitsbegrenzung. Für die Landschaft, schön flaches Land, hatte er keinen Blick. Er hatte eine CD eingeschoben, hörte Johnny Cash, »Solitary Man« ... I'll be what I am, a Solitary Man ... erreichte das Lakeside Inn, fuhr weiter und entdeckte nach zwei vergeblichen Versuchen dann doch den richtigen Waldweg, auf dem er langsam auf eine Hütte zusteuerte, neben der ein Wohnwagen abgestellt war, ein Uraltmodell in Tarnfarbe.

Eine hochgewachsene Frau in Jeans, Sweatshirt und gefütterter Fliegerweste erwartete ihn. Ihr halblanges schwarzes Haar war glatt zurückgekämmt, sie trug eine Ohrringspirale und hatte Tattoos auf den Handrücken, vermutlich waren es nicht die einzigen.

»Martina hat mich schon informiert«, begrüßte sie Schorsch. »Ich habe noch nicht gefrühstückt und hoffe, du leistest mir Gesellschaft. Ingrid, übrigens. Förmlichkeiten sollten wir uns schenken.«

»Ist mir nur recht.«

Sie stieg vor ihm in den Wagen.

Er war einfach und praktisch eingerichtet. Ein breite Matratze mit einer bunt bedruckten Tagesdecke, Hängeschränke und ein Buchregal, Buchtitel, die Schorsch nicht allzu viel sagten.

Ein Klapptisch.

»Dein Bruder war ein feiner Kerl«, sagte sie, während sie Kaffee einschenkte und aus einer Pfanne Rührei auf die Teller verteilte. »Mein Beileid, mir geht das wirklich sehr, sehr nah. Ich kann nicht sagen, ob er zufällig Opfer geworden ist oder nicht. Aber dass er sich bei seiner Arbeit auf gefährlichem Terrain bewegte, war ihm klar.«

»Was war das für 'ne Arbeit?«

»Er hat's dir nie gesagt. Er wusste, dass du absolut nichts davon halten würdest. – Wir haben uns vor zig Jahren auf einem USA-Trip kennengelernt und sind in Kontakt geblieben. Er hat längere Zeit bei den Navajos in ihrem Reservat gelebt.«

»Jaja – ja. Das weiß ich. Er hat verdammt viel Geld dagelassen.«

Ingrid machte eine flüchtige Geste. Sie trank einen Schluck Kaffee.

»Mike war was Besonderes. Er hatte eine spezielle Gabe. Er konnte Menschen den Weg zu sich selbst öffnen, einen positiven Weg aufzeigen. Er hat etliche aus den Klauen irgendwelcher Sekten befreit, das brauchte mitunter mehrere Wochen. Er hat sich mit ihnen drüben im Haus einquartiert, gleich dahinter gibt's auch noch ein Saunazelt. Mike arbeitet ... er arbeitete mit Praktiken, die er bei den Navajos gelernt hatte. Das Gift ausschwitzen, sich selbst neu entdecken.«

Schorsch schüttelte den Kopf.

»Ich kann's nicht glauben«, sagte er. »Das klingt für mich wie 'ne Story über 'nen völlig Fremden.«

»Das wart ihr doch auch«, sagte Ingrid. »Euch völlig fremd. So jedenfalls hat Mike es empfunden, wenn er über dich gesprochen hat ...«

JULI 1978 Mike kam ins Zimmer, schnippte eine Gauloise aus der Packung, zündete sie an und setzte sich an den unterm Fenster platzierten Schreibtisch, der vollgestellt war mit Globus, Transistorradio, Lexika und gestapelten Schulbüchern, mit Comics und leeren Coladosen.

»Ich hab gerade gehört, dass der Alte mit seinem Logenbruder telefoniert hat, diesem Anwalt.« Er machte eine bedeutungsvolle Pause, inhalierte tief.

»Er hat mit ihm einen Termin für nach Österreich vereinbart, nach unseren Ferien. Er will Gabilein jetzt doch offiziell heiraten, und da wäre bei ihm testamentarisch eine Nachbesserung erforderlich.«

»Er hat schon 'n Testament gemacht?«

»Vermutlich, Bruderherz, keine Ahnung. Aber wie auch immer, ich fürchte, wir sind in den Arsch gekniffen.«

»Mist!«

»Du sagst es!«, bekräftigte Mike. »Er wird der blöden Kuh den größten Batzen vererben, hundertpro, und klar, uns steht auch was zu, aber das sind dann nur noch Groschen oder irgendwelcher Kleinkram, scheiß drauf!«

»Das ist ungerecht.«

Mike lachte.

»Der Alte hatte immer schon seine eigene Vorstellung von Gerechtigkeit.«

»Und da kann man nichts machen?«

Mike legte den Kopf in den Nacken, blies den Rauch aus.

»Kann man«, sagte er dann. »Muss man vielleicht sogar.« Er nahm noch einen Zug und blickte versonnen aus dem Fenster, sah zum Fluss und zu der Burg, nickte mehrere Male, bis er es schließlich rausließ.

FÜNF

Als Jutta die Briefschlitzklappe hörte, schwang sie sich aus dem Bett, stieg in ihren Slip und zog sich Bärchens Hemd über. Bärchen hatte sich über Nacht freigestrampelt. Sein stattlicher Bauch hob und senkte sich. Leicht amüsiert warf Jutta einen Blick auf seinen Stummelschwanz, kaum vorstellbar eigentlich, dass er ihn dennoch in Stellung bringen konnte. Nun ja, halbwegs jedenfalls und dann doch überraschend ausdauernd. Aber so oder so – sie mochte ihr Bärchen. Er war eine treue Seele, sie hatte ihn wirklich gern, genau.

Die Post lag auf dem Fliesenboden, Werbung und eine Postkarte. Sie zeigte eine Amsterdamer Grachtenansicht. Sie war von Michael. Er schrieb: »Projekt vor dem Abschluss, bin voraussichtlich Dienstag zurück. Halt dir frei, wir haben was zu feiern. In Love M.«

Das war neu. Bislang hatte er seine diversen Aufträge immer nur beiläufig erwähnt – »musste kurzfristig nach Stuttgart«, »Dresden – kann 'ne Woche in Anspruch nehmen«, »wieder mal Berlin«. Viel mehr hatte er nie gesagt, sie waren immer fix in der Kiste, hatten was getrunken und manchmal auch einen durchgezogen. Bei irgendwelchen Indianergesängen. Darauf stand er.

Und jetzt das. Das war ja schon fast so was wie eine Liebeserklärung.

In ihrem Schlafzimmer regte sich Bärchen.

Jutta steckte die Karte hinter die Vase auf dem Garderobenboard und ging zu ihm.

Bärchen hockte aufrecht im Bett, reckte und streckte sich, blies clownsmäßig die Backen auf und schien bester Laune zu sein.

»Ein herrlicher Morgen«, tönte er. »Wir werden drüben im Marriott frühstücken.«

»Ich muss um zehn Uhr den Laden aufschließen.«

»Ruf deine Kollegin an. Sie muss übernehmen. Du hast ein wichtiges Gespräch.«

»Bärchen …«

»Du hast es gestern Abend selbst angesprochen. Dein Wunsch, dir ein eigenes kleines Kosmetikstudio einzurichten.«

»Ach«, sagte sie. »Da wär erst noch eine Menge abzuklären, angefangen bei den Räumlichkeiten – genau.«

»Jaja, aber in erster Linie waren es die Kosten. – Ich kann dir fünfzigtausend zuschießen.«

Jutta schüttelte spontan den Kopf. »Du spinnst! Das will ich nicht! Woher willst du die denn auch nehmen? Ich denke, deine Holde kontrolliert bei dir sämtliche Ausgaben.«

Bärchen grinste breit.

»In meiner Position hat man Zugriff auf diverse Töpfe«, sagte er geschwollen und warf Jutta einen Schmatzer zu.

»Du wolltest dich melden«, sagte Jutta in ihr Handy und streifte ihre Schuhe ab. Ein stressiger Tag im Laden lag hinter ihr.

»Ich bin noch nicht zurück«, sagte Schorsch. Es klang, als stehe er direkt neben ihr.

»Wo bist du denn?«

»Wo auch Michael zuletzt war, auf seiner letzten Reise.«

»Ich hatte heute eine Karte von ihm in der Post. Aus Amsterdam.«

»Genau.«

»Was heißt das?«

»Er hatte einen Auftrag, und der hat böse geendet. Ich will wissen, warum.«

»Schorsch, ich ... okay, ich weiß nicht, was plötzlich in dich gefahren ist, aber ich ...«

»Ich hab mich zu lange nicht mehr für ihn interessiert.«

»Aber jetzt, auf einmal ... mein Gott!« Sie atmete tief durch. »Dann sag mir wenigsten schon mal, was du mit seiner Wohnung vorhast.«

»Mit welcher Wohnung?«

»Michaels Apartment! Mein Gott, seine Eigentumswohnung!«

»Die gehört ihm?«

Jutta verdrehte die Augen. Sie mühte sich aus ihrem Kostümrock.

»Verdammt!«

»Was? Wieso? Ich meine ... Sorry, Jutta, aber das ist mir momentan echt egal. Wir reden später. Was hat Mike denn geschrieben ...?«

OKTOBER 1997 Sie stand unter der Dusche, als es an der Wohnungstür klingelte. Sie ließ es klingeln und duschte weiter, sie war geschafft, die Eröffnung der Filiale in den Kolonnaden des Hauptbahnhofs, Small Talk und dabei unentwegt auf den Beinen. Sie trocknete sich ab, zog den Morgenmantel über und schlang ein Tuch um ihre feuchten Haare. Es klingelte wieder.

Sie schaute durch den Spion.

Michael!

Mein Gott, Michael!

Er hielt eine Flasche Champagner und eine rote Rose in die Höhe.

Sie öffnete ihm.

»Keine Chance«, begrüßte er sie. »Vor mir kannst du dich nicht verstecken.«

»Was soll das? Ich versteck mich doch nicht! Was zum Teufel willst du?!«

»Tsss, tsss, tsss«, machte er. »Ganz die Alte.«

Er sah sich im Flur um, linste in den Wohnraum.

»Gibt's Gläser? – Trinken wir auf eine wunderbare Zukunft im hochheiligen Köln, keusch und züchtig, in aller Freundschaft!«

Sie lachte. Sie lachte ein lautes und schrilles Lachen, ihr Morgenmantel klaffte auf. Sie raffte ihn wieder zusammen.

»Was glaubst du, wer du bist? Tauchst plötzlich hier auf nach ... nach wie vielen Jahren eigentlich? Verdammt! Ich weiß es schon gar nicht mehr!«

»Du solltest dich freuen! Immerhin hatten wir weitaus mehr Spaß zusammen als du mit Schorschi.«

Sie schnaubte verächtlich.

»Schorschi! Was weißt du denn schon. – Im Übrigen steht ihr euch in nichts nach.«

»Wirklich nicht?«

»Tu nicht so selbstgefällig!«

Er verstärkte sein Lächeln.

Sie schlug ihm die Rose aus der Hand. Er schüttelte den Kopf und zog sie an sich. Heftig. Sie spürte die Flasche an ihrem Rücken, spürte seine Lippen auf ihren Lippen, seine Zunge. Er presste sie noch enger an sich ... sie konnte erst wieder einigermaßen klar denken, als er sich von ihr weg auf den Rücken rollte.

»Wir sollten jetzt wirklich einen Schluck trinken«, sagte er.

Sie erwiderte nichts, stand auf und holte Gläser und Zigaretten. Er prostete ihr zu, sie tranken.

Sie rauchten.

»Glaub ja nicht, dass sich das wiederholt«, sagte sie nach einer Weile.

»Ich denke nicht über den Tag hinaus«, sagte er.

»Hast du keinen Job?«

»Ich arbeite selbstständig.«

»Und als was, bitte?«

»Beratung. Bei Computersystemen. Bin viel unterwegs.«

»Das wird Schorschi aber freuen.«

»Wieso? Was meinst du?«

»Musste er dir nicht ständig aus der Patsche helfen?«

»Sagt er das?«

»Nein?«

»Er soll aufpassen, was er so redet. Sonst kommt noch mal jemand auf die Idee, genauer nachzufragen.«

Sie lächelte.

SECHS

Klaus nahm das überbackene Fischfilet aus dem Ofen, ein Fertiggericht, zwanzig bis fünfundzwanzig Minuten bei einhundertsiebzig Grad, Zeit genug für ein Glas Weißwein, einen Riesling aus dem Angebot. Seit er weitgehend bei Martina wohnte, hatte er sich das Weintrinken angewöhnt. Um ihr zu demonstrieren, dass es nicht jeden Abend eine halbe Flasche Wodka sein musste.

Er stellte die heiße Backschale ab, hob die Vinaigrette unter den Feldsalat und schaltete vom Tisch aus den Fernseher an. Die letzten Regionalmeldungen wurden verlesen, der Wetterbericht kündigte Bewölkung und gebietsweise Regen an. Das würde morgen wieder eine scheiß Schicht werden, das hatte er im Gespür, wie überhaupt.

Martina kam von oben herunter. Sie hatte sich abgeschminkt und ihren Hausanzug angezogen, Jogginghose und XXL-Sweatshirt.

Klaus lächelte ihr entgegen.

Er teilte das Fischfilet, gab Salat auf die Teller und schenkte auch ihr Wein ein.

»Harter Tag?«, fragte er.

»Wie immer«, sagte sie. »Und bei dir?«

»Zweimal Familienrandale, Taschendiebstahl, Schlägerei am Bahnhof und die üblichen Verdächtigen.« Er lachte. Es klang gekünstelt.

Martina sah ihn fragend an.

»Herumtreiber«, erklärte er. Er gabelte ein Stück Fisch auf, kaute ausgiebig, nippte an seinem Wein. Eine Zeit lang widmete er sich ausschließlich dem Essen, und auch Martina schwieg.

Draußen fuhr ein Wagen vorbei.

Eine Garagentür schrammte über Steinplatten.

Ein Hund kläffte, und von weit her war eine wehmütige Melodie zu hören.

»Ich wollte mit dir einen Kaffee trinken«, sagte Klaus plötzlich. Er schob seinen Teller beiseite und lächelte sie wieder an.

»Ich hätte mich gefreut. Kam was dazwischen?«

»Kann man so sagen.« Er machte eine bedeutungsvolle Pause, behielt Martina im Blick.

»Du warst beschäftigt.«

»Mir hat keiner was von dir gesagt.«

»Ich hab ja auch nicht gefragt. Ich kam zufällig vorbei. Du warst auf dem Hof.«

Martina wurde klar, worum es ging. Sie bemühte sich, gelassen zu bleiben, zuckte nur flüchtig die Schultern.

»Das war der Typ von gestern, der geklingelt hat. Er hat keine Ruhe gegeben, mich extra abgefangen.«

»Was wollte er noch mal?«

»Das hab ich dir doch schon gesagt. Irgendwas mit seinem Bruder, keine Ahnung.«

Klaus atmete tief durch.

»Tina«, sagte er. »Tina, Tina, Tina. Wir wollten doch ehrlich zueinander sein, bei allem. Die Wahrheit und nichts als die Wahrheit. Ich halte mich daran. Mir ist es ernst damit, weil ich dich ... weil ich Werner, Gott hab ihn selig, weil ich Werner das schuldig bin. Ist das so schwer für dich?«

Er stand auf.

»Aber das bin ich ...«

Seine flache Hand traf sie mit voller Wucht, sie kippte zur Seite und stürzte mit dem Stuhl zu Boden.

»Was bist du?«, schrie er. »Was denn?! Was hast du mir zu sagen?! Was?! Und was hast du ihm da auf dem Hof zugesteckt?! Was ...?!«

Wie vorhergesagt, regnete es, als Klaus das Haus verließ, unausgeschlafen und mit einem bitteren Geschmack im Mund, einem Geschmack nach Metall. Er stieg in seinen Wagen und machte einen kurzen Stopp am Büdchen, Filterkaffee schwarz, ein halbes Mettbrötchen und Kippen. Das Brötchen schmeckte furchtbar. Er warf es nach zwei Bissen aus dem Fenster.

Noch vor Schichtbeginn saß er an seinem Schreibtisch, wartete, bis er allein im Raum war, und wählte dann die auswärtige Nummer.

Es wurde umgehend abgenommen.

»Hast du was zu dem Kennzeichen?«, fragte er.

»Ich kann's dir rübermailen.«

»Besser nicht.«

»Okay, der Halter ist in Hamburg gemeldet. Ein Bruder des Überfallopfers, das ist richtig. Georg, Georg Köster. In den Achtzigern einige Male des BTM-Handels verdächtigt, in der eigenen Kneipe. Ein Musikschuppen auf St. Pauli, Stammlokal diverser Kiezgrößen. Hat nie Bankkredite in Anspruch genommen, immer cash gezahlt. Zuletzt Betreiber eines ziemlich angesagten Szenerestaurants.«

Klaus stieß einen kurzen Pfiff aus.

»Privat?«

»Ledig, keine Kinder. Und ... na ja, jetzt halt keine Angehörigen mehr.«

»Danke«, sagte Klaus. »Du hast einen gut.« Er verabschiedete sich und drehte sich auf seinem Stuhl zum Fenster hin.

Das hatte er befürchtet, genau das. Beim ersten Klingeln an Martinas Haustür gestern Abend. Es nahm kein Ende.

Wie auch? Scheiße ja, wie denn auch?

Er starrte aus dem Fenster auf die kaum belebte Straße.

Regen, Regen, Regen.

Die Regentropfen rannen an der Scheibe hinab. Der Fensterrahmen knarrte.

Aus dem Vorraum waren die Stimmen der eintreffenden Kollegen zu hören. Er hörte Uwe heraus. Er riss sich zusammen, stand auf und straffte sich.

Er musste mit Uwe reden, keine Frage. Mit ihm allein. Und das so schnell wie möglich.

Sein Bein zuckte, wie immer, wenn er angespannt war.

SIEBEN

Eine kalte Morgensonne brach durch die Wolkendecke über dem Betondschungel im Südosten der Grachtenstadt. In den Wohnungen und auf den Fluren der wabenhaft miteinander verbundenen Hochhäuser wurde es noch lauter. Arabische TV-Sender, Afro-Rap, schrilles Zetern, alkoholisiertes Grölen und nerviges Kleinkindergeschrei überlagerten sich. Die Fahrstühle waren pausenlos in Betrieb, vor den Häusern jaulten die Motoren der tiefergelegten Mittelklassewagen, knatterten die frisierten Mopeds hoch zur Zufahrtsstraße Richtung Zentrum. Suse erwachte, ihr Handy mit beiden Händen umklammert. Keine Nachricht, noch immer keine Nachricht. Sie war enttäuscht.

Der Platz neben ihr im Bett war leer. Arif war offenbar schon aufgebrochen, hatte gestern Abend noch von Terminen gesprochen, dringend notwendig gewordene Treffen, Absprachen zu was auch immer. Er redete nicht viel darüber.

Suse sah zur Wand hoch, sah auf das farbige Plakat, den Marktplatz in Marrakesch mit den unzähligen Buden, dem aufsteigenden Rauch, dem Sternenhimmel. Ist meine Heimat, sagte Arif oft, aber in der Heimat keine Arbeit, Holland ist gut, und Amsterdam ist beste Stadt für uns. Suse konnte weder das eine noch das andere beurteilen. Von Marrakesch wusste sie nur, was Arif ihr erzählte, und von Amsterdam hatte sie immer noch nicht viel gesehen.

Nebenan waren Küchengeräusche zu hören, das Klappern hölzerner Löffel, eine auf der Herdplatte gerüttelte Pfanne. Und natürlich der Fernseher, auf dem Al Jazeera lief. Arifs Mutter kochte. Suse kam es vor, als kochte sie ständig, von morgens bis spät in die Nacht.

Sie schlug die dünne graue Decke zurück, stand auf und trat an das verhängte Fenster des schmalen Raums, Arifs Zimmer, das sie mit ihm bewohnte. Sie zog das Tuch beiseite und sah hinunter auf die Plastikmöbel vor dem türkischen Imbiss, auf das Suri-Change gegenüber und das sich anschließende Radio- und Fernsehgeschäft, auf den 1-Euro-Laden, den »de leckerste«-Fastfood-Automaten, das Treiben in der Passage, die jetzt stark belebt war, fast ausschließlich von Eingewanderten aus Ghana und dem Kongo, von Afghanen, Iranern und Irakern, Syrern und Marokkanern wie Arif und seine Freunde, wie seine Mutter, und natürlich von den vielen Surinamern, allesamt Bewohner der Hochhäuser mit Klein- und Kleinstwohnungen zum Häuserschacht oder zum Platz hin gelegen, mehrere Blocks.

Suse fröstelte.

Sie schlüpfte in ihre Kapuzenjacke und kramte in den herumliegenden Kleidungsstücken nach Zigaretten. Sie fand aber nur eine leere Packung, sie war zusammengeknüllt, Tabakkrümel fielen heraus.

Bibbernd ging sie nach nebenan, unter der Jacke nackt bis auf die Unterwäsche, das blonde Haar verklebt und strähnig.

Die Mama drehte sich zu ihr um, der Blick war sorgenvoll. Sie wischte sich die Hände an ihrem dunkelblauen Kittelkleid ab, umarmte Suse behutsam.

»Ich habe Suppe gekocht«, sagte sie. »Gute Suppe.«

»Kann ich ein Glas Milch haben?«

»Du bist Familie«, sagte die Mama und ging zum Kühlschrank. »Arif ist froh, dass du nicht mit Mann aus Deutschland zurück bist ...«

Arif hockte mit einem halben Dutzend etwa gleichaltriger Jungs im Kassenraum der schon seit Jahren stillgelegten Tankstelle an der Abzweigung zu den Blocks. Die Jalousien waren heruntergelassen, an den Wänden stapelte sich originalverpackte Elektronik.

Draußen an den Zapfsäulen parkte ein altes Ford Coupé, auf dem Rücksitz zwei stark geschminkte Mädchen, rauchend und Kaugummi kauend.

Arif war ein schmaler, aber kräftiger Neunzehnjähriger mit einem hübschen Gesicht, dunklen, sanft blickenden Augen, einer geraden Nase und vollen Lippen. Sein halblanges tief schwarzes Haar war gelockt, ein Stirnband hielt es zusammen.

Die Jungs tranken Cola und Red Bull, ließen einen Joint kreisen und hörten de Prins zu, ihrem Boss, fett wie Sau und brutal wie ein Killerwal.

De Prins sprach von den Einnahmen der letzten Tage, von besonders geglückten Coups, von Wachsamkeit und Schlauheit und all den Tugenden, die Mohammed gepriesen hatte. Dann rief er seine Leute einzeln zu sich und zahlte ihnen ihren Anteil aus. Sie dankten, sie legten die Hand auf die Brust und verbeugten sich leicht, sie klatschen sich gegenseitig ab, sie machten das Victory-Zeichen, und einer nach dem anderen stiefelte hinaus in den kalten, klaren Tag.

De Prins hielt Arif zurück, bot ihm eine Kippe an und klackte sein Zippo auf. Sie rauchten.

»Du hattest Stress mit der Kleinen«, sagte de Prins. »Du weißt, dass das nicht sein muss.«

»Alles wieder okay.«

»Wir sind Brüder, Brüder im Herzen. Ich bin jederzeit für dich da.«

Arif wusste, was und wie es gemeint war.

»Du hast meine Bitte akzeptiert«, sagte er.

»So ist es. Wir haben gesprochen und sind übereingekommen. Du erfüllst deinen Teil, ich halte mich an meinen, völlig korrekt. Ich sage nur, du kannst immer noch anders entscheiden. Möge Allah bei dir sein.«

De Prins ließ die gerade erst angerauchte Zigarette zu Boden fallen und drückte sie mit dem Fuß aus. Er trug goldene Nike Air zu einem ballonseidenen Jogginganzug, schwarz mit roten Streifen und mindestens eine Größe zu knapp. Er umarmte Arif, drückte ihn an seinen Wanst und klopfte ihm auf den Rücken.

»Ich muss die beiden Täubchen zur Arbeit fahren«, sagte er. »Du kannst mich begleiten …«

Der Mann an der Rezeption erinnerte Schorsch an den jungen Clint Eastwood, er schien mit seiner verwegenen Haartolle allerdings mehr der in diesem Hotel verstorbenen Jazzlegende ähneln zu wollen.

»Ich habe nicht reserviert«, sagte Schorsch. »Ist was frei?«

»Wenn's nicht gerade das Chet-Baker-Zimmer sein soll – hundertzwanzig die Nacht, Frühstück inklusive, und das ist super. Positive Rückmeldungen aus aller Welt.«

»Mir würd schon das Zimmer reichen, in dem mein Bruder letztens übernachtet hat. Köster, Michael Köster.«

»Der Mike – okay, cooler Typ, wollte die sieben, kriegte die sieben. Magische Zahl, Summe von drei und vier, von Geist und Körper.« Er fuchtelte begeistert mit den Händen. »Die sieben Weltwunder, die sieben Zwerge, über sieben Brücken ...«

»Okay, okay, nehme ich.«

»Ist belegt. Von lekker Lady, Typ California Dream.«

Schorsch seufzte.

»Was bleibt?«, fragte er.

Viel dunkles Holz, zwei aneinandergestellte Betten, eine urzeitliche Nachttischlampe, Toilette und Bad bis auf den Duschvorhang annehmbar.

Schorsch öffnete das Fenster zum Centraal hin.

Straßenbahnen, das Konzert unzähliger Fahrradklingeln, Hupen und die Auf-zur-Attacke-Rufe notgeiler Stecher, die gen Redlight District zogen. Schorsch machte das nichts aus, bei ihm zu Hause auf der Meile ging es an den Wochenenden noch weitaus krasser zu. Er hatte außer ein paar Sachen zum Frischmachen und Michaels Papieren nichts dabei und beschloss, sich gleich heute noch ein paar Klamotten zu kaufen, Unterwäsche, Shirts und zumindest eine zweite Jeans.

Er rief Bonnie an.

»Amsterdam?« Bonnie war hörbar überrascht. »Verdammt schöne Stadt, hab ich beste Erinnerungen dran. Auch 'n kleines Souvenir.« Er kicherte.

»Bonnie – bitte. Nicht am Telefon.«

»Okay, und warum? Warum Amsterdam?«

Schorsch sagte es ihm. Das vermisste Mädchen. Michaels angeblicher Job. Die Mutter.

»Ich bleib ein paar Tage.«

»Was versprichst du dir davon?«

»Mal sehen. Auf jeden Fall haben die Bullen geschlampt.«

»Kennt man doch.«

»Reicht mir aber nicht. Er war mein Bruder.«

»Das is ja nu ganz was Neues.«

»Ich melde mich regelmäßig. – Ist im Laden alles okay?«

»Das Wochenende ist komplett ausgebucht«, sagte Bonnie. »Und der Umsatz der letzten Tage kann sich echt sehen lassen.«

»Gut«, sagte Schorsch. »Hast du eigentlich mal Chet Baker gehört?«

»Ist wer?«

»Muss man gehört haben.«

Als Schorsch wieder zur Rezeption herunterkam, vorbei an den gerahmten Fotos und Zeitungsartikeln, legte er dem jungen Mann das ihm von Martina überlassene Foto von Susanna/Suse vor. Ein Foto, nicht größer als eine Briefmarke, ausgeschnitten aus irgendeiner anderen Aufnahme. Im Freien geknipst, im Hintergrund ein Stück blauer Himmel.

»War das Mädchen schon mal hier? Mit meinem Bruder zusammen?«

Der junge Clint sah es sich genau an, wirklich ganz genau. Schien nachzudenken, wiegte den Kopf.

»Blond, sauber und gesund.«

»Knapp über sechzehn, in dem Dreh.«

»Viele landen da drüben.« Er zeigte hinter sich. »Stehen am Fenster. Hier gesehen hab ich sie nicht. Mike war immer solo, aber oft die ganze Nacht lang unterwegs.«

»Habt ihr euch unterhalten?«

»Hmmm.«

»Ja?«

»Coffeeshops«, sagte der Typ. »Wo gutes Zeug zu haben ist, nicht der übliche Mist. Ist jetzt alles nicht mehr so easy.«

»Okay, trinken wir was. – Ich hör zu.«

Arif und Suse standen auf dem Bahnsteig der U-Bahn-Station Arena Boulevard. Arif beobachtete die vom Centraal her einfahrenden Bahnen. Laut lärmende Schlachtenbummler drängten sich auf den Rolltreppen nach unten, Ajax-Fans, Fahnen schwenkend, singend und saufend, dazwischen einzelne Personen und Paare, die zweifellos nicht das Stadion zum Ziel hatten.

»Bereit?«, fragte Arif.

Suse nickte tapfer, machte aber keine Anstalten, sich in Bewegung zu setzen.

»Hey«, sagte Arif. »Wir müssen leben.«

»Liebst du mich noch?«

»Was fragst du? Wir sind zusammen.« Er stieß sie an und lenkte ihren Blick auf einen Mann, der mit offenem Mantel unschlüssig Ausschau hielt. »Jetzt mach.«

Suse zögerte noch einen winzigen Moment.

Dann trippelte sie los, mit gesenktem Kopf, stolperte und rempelte den Manteltäger wie unabsichtlich an, hielt sich kurz an ihm fest, lenkte ihn ab, während Arif sich blitzschnell näherte …

VOR EINIGER ZEIT »Er ist so süß«, sagte Iris, schloss für einen Moment die Augen und machte einen Schmusemund. »Wir sprechen jeden Abend.«

»Aber du kennst ihn doch kaum«, wandte sie ein. Sie hockte neben ihrer Schulfreundin auf der Wohnzimmercouch, sie löffelten Fruchtjoghurt und knabberten Limonenkekse. Es war später Nachmittag, und Iris' Eltern waren noch nicht zurück. Ihr Vater war Leiter der Sparkassenfiliale, ihre Mutter war angeblich mit einer Freundin zum Shoppen nach Düsseldorf gefahren, in ihrem eigenen Smart. Iris glaubte das nicht. Sie war fest davon überzeugt, dass ihre Mutter einen Lover hatte. Iris tat immer ungemein aufgeklärt und wollte genau wissen, was die beiden so trieben.

»Mit Sascha kann ich über alles reden, er kann sich richtig gut einfühlen.«

»Erzähl.«

»Du weißt schon. Wenn du ... ach, der Stress mit den Tagen.«

»Ähh, nee.«

»Das versteht er. Wir schreiben dann auch nichts weiter, weil ich dann eh von allem genervt bin. Echt, der Sascha ...«

»Du hast ihn doch noch nicht mal gesehen.«

»Er wohnt in Frankfurt.«

»Weißt du aber nicht.«

»Geh einfach mal auf ›Friends‹«, sagte Iris. »Freunde in aller Welt.« Sie war sauer.

»Okay«, lenkte sie ein. »Ich seh's mir mal an.« Sie nahm sich noch einen Keks. Draußen auf der Terrasse des Hauses hüpften ein paar Spatzen herum. Um den voll blühenden Goldregen am Zaun zum Nachbargrundstück schwirrten Bienen. »Ich muss auch gleich los.«

»Küchendienst?«

»Nee, kochen tut meistens der Klaus. Aber heute gibt's nur Salat. Ich bin echt froh.«

Iris prustete los.

»Weil's Salat gibt?«

»Ach, Quatsch. Ich mein, dass der Klaus jetzt mit Mama zusammen ist, der war ja auch eng mit Pa. Ich find's gut.«

»'n echten Freund haben ist aber besser.«

Sie winkte ab. Sie raffte ihre Schulsachen zusammen und ging schnell noch pinkeln. Sie hörte, dass Iris schon den Fernseher eingeschaltet hatte.

Auf dem Nachhauseweg summte sie vor sich hin, die Sonne verlor allmählich an Kraft. Klaus hatte seinen Wagen direkt vor dem Haus geparkt.

Er begrüßte sie im Flur, trug Shorts und ein gebleichtes Tanktop, er hatte sich eingecremt.

»Ist schön im Garten«, sagte er. »Ich hab die Tischtennisplatte aufgebaut. – Wenn du Lust hast ...«

»Klar, gerne.«

Klaus war gut, das wusste sie, aber sie war ihm fast ebenbürtig, hatte Talent. Sie spielte hoch konzentriert und schlug ihn dann auch im zweiten Satz. Sie schwitzte heftig, und sie spürte Klaus' Blicke, es war ihr nicht unangenehm, im Gegenteil, sie fühlte sich angespornt, legte sich noch mehr ins Zeug.

Sie gewann wieder, er gratulierte ihr zu dem guten Match, und als sie gemeinsam ins Haus gingen, legte Klaus leicht den Arm um sie. Eine liebevolle Geste. Papa, Papa. Papa ist tot.

Dann bereitete er das Abendessen vor. Sie deckte den Tisch.

Griechischer Salat, Ölsardinen, Oliven, Tomaten und Brot.

Ma kam von der Arbeit, erzählte ein paar witzige Sachen und haute sich später mit Klaus auf die Couch, sie begannen, sich zu befummeln und zu knutschen.

Sie ging nach oben in ihr Zimmer.

Eine Zeit lang hörte sie Musik und träumte vor sich hin.

Schließlich aber setzte sie sich an ihren PC und suchte nach der Seite, die Iris erwähnt hatte. Echt nur um mal zu sehen, nur so.

Am frühen Abend machte Schorsch sich, neu eingekleidet, auf den Weg. Es dämmerte bereits. Der Heringsstand an der Brücke zum Jordaan-Viertel war schon geschlossen, den gegenüberliegenden Coffeeshop hatte der Hoteltyp nicht erwähnt. Schorsch warf auch nur einen kurzen Blick hinein. Eine Tourifalle, keine Frage.

Er schlenderte weiter an der Gracht entlang, an den Hausbooten, den modern gestylten und den alten, den abgewrackten, rechter Hand die schmalen, hohen Häuser, Architekten- und Designerbüros, eine Druckerei, eine Kunstgalerie. Er ließ sich Zeit.

Jenseits der Herengracht reihten sich mehrere Lokale aneinander. Die Preise auf den ausgehängten Karten waren nicht überteuert. In seinem Restaurant musste man für vergleichbare Gerichte wesentlich mehr hinblättern.

Kurz dachte er an Bonnie. An sein Souvenir. Es gab einiges, wovon Bonnie wohl nie die Finger ließe, ganz solide würde er niemals sein.

Schorsch blieb vor einem Schreibwarengeschäft stehen. Im Fenster waren neben Füllern, Schreibblocks und Terminkalendern auch die schmalen Hefte ausgestellt, von denen Mike eins für seine Notizen benutzt hatte.

Aber das hieß nichts.

Nachdem Schorsch bei einem Indonesier ein einfaches Reisgericht gegessen hatte und zu den nächsten Coffeeshops unterwegs war, zogen ihn rasant gespielte Boogierhythmen in eine Kneipe am Leidseplein.

Gut ein Dutzend Frauen und Männer standen um einen weiß lackierten Flügel, der dicke Mann an den Tasten trug breite Hosenträger über einem geblümten Hemd, auf dem Kopf eine Helmut-Schmidt-Mütze, zwischen seinen Lippen klemmte eine Havanna. Er spielte fantastisch, und als er dann die Zigarre aus dem Mund nahm und was von harten Jungs, heißen Bräuten und langen, wilden Nächten sang, ging es in dem Laden höllisch ab.

FRÜHJAHR 1987 Sie war dunkelhäutig und hatte halblange, glatt fallende Haare. Sie trug eine knallenge schwarze Lederhose und einen breiten Gürtel mit einer Löwenkopfschnalle, dazu ein locker fallendes Hemd.

»Dona«, stellte Mike sie vor. »Ist soeben aus New York eingeflogen, eine gute, alte Freundin. Sie braucht nur ein Klavier und bei dir knallt's so was von rein, brother, so schnell kannst du die Kohle gar nicht zählen.«

»Ihre Gage?«

Mike legte den Arm um Dona, grinste ihn und Hanna an. »Ich manage das«, sagte er.

»Das gefällt mir nicht«, sagte Hanna. »Entweder kriegt sie einen Vertrag und die Kohle bar auf die Hand, oder es läuft nichts.«

»Na ja ...«

»Auf'm Emanzentrip?« Mike machte sich vor Hanna gerade. Frech, provozierend.

»Na ja«, wiederholte er, bevor Hanna etwas sagen konnte. Er wusste, wie sie reagieren würde. »Unser Programm für die nächsten Monate steht.« Er wandte sich an Dona. »Tut mir leid, aber vor Oktober ...«

»Arschloch«, sagte Mike. »Feiger Sack! – Feige! Wie immer!«

Am nächsten Vormittag lungerte er vorm Hintereingang des Moonlight herum. Wartete auf ihn.

Er sah aus, als hätte er durchgemacht, stank nach Alk und kaltem Rauch.

»Das war scheiße«, sagte er. »Das war echt scheiße. Wir sind Brüder.«

»Schon klar. Von wegen, diese Dona bringt's! Es geht um dich, allein um dich.«

»Du hast keine Ahnung! Aber okay – ja, ich bin momentan etwas klamm.«

»Ich kapier's nicht, ich kapier's einfach nicht! Wir sind beide unter denselben Voraussetzungen gestartet, und nach sieben, nach kaum mehr als sieben Jahren stehst du da und hebst mir gegenüber die Kralle! Ist die ganze Kohle weg oder wie? Hast du nichts mehr?«

»Sieben is 'ne Superzahl!« Mike lachte ein knappes, dahingerotztes Lachen. »Ich hab halt ein bisschen heftiger gelebt.«

»Ja, und ich verpenn meine Zeit. – Hör doch auf, du kommst einfach nicht zurecht.« Er zog eine dicke Geldrolle aus der Hosentasche, hielt sie Mike hin. »Das sind fünf Mille. Die geb ich dir ohne Wenn und Aber. Nur mit einer einzigen Bitte. Nenn mich nie, nie wieder feige! Nie wieder! Merk dir das ...«

Ein erstes Paar tanzte, Kiffschwaden hingen in der Luft, würziges Kraut, dem dicken Mann am Flügel rann der Schweiß übers Gesicht, er schnaufte und röhrte, jemand stellte ihm einen Krug Bier hin. Eine Runde wurde ausgerufen, eine Runde für alle, Schnapsgläser stießen aneinander, Schorsch wurde von einer jungen Frau umarmt und auf den Mund geküsst, und der Boogie rollte weiter, Boogie Woogie, Boogie Woogie, Boogie Woogie, der Genever rann durch die Kehle, Schorsch spülte mit Bier nach, Schnapstränen in den Augen ...

HERBST 1987 Jutta kam in der Pause vor dem zweiten Set ins Moonlight. Sie sah rattenscharf aus in ihren weißen Jeans und der Weste über dem ebenfalls weißen Herrenhemd, er glotzte sie sprachlos an. Sie wedelte mit der Hand vor seinem Gesicht.

»He, he, ich bin's, live und lebendig.«

»Jutta – Mensch, Jutta, ich werd nicht mehr! Das ist ja 'ne Ewigkeit her. Bist du jetzt in Hamburg? Wie kommt's ...?«

»Ich bin vor ein paar Wochen nach Harvestehude gezogen. – Okay, zu einem Fotografen, er besorgt mir 'n paar Modeljobs.«

»Model, verstehe.«

»Da gibt's nichts groß zu verstehen. Ich bin nicht von ihm abhängig.«

Die Gäste riefen nach Bier, nach einem Korn, einem Lütten, nach einer Lage. Er musste zapfen, rüberreichen, hinschieben, Striche machen, sah sie immer wieder an, geil, rasend geil.

»Bleibst du? In ein, zwei Stunden wird's ruhiger.«

»Mal sehen.« Sie lächelte, und als sie sich später zur Toilette durchdrängte, spürte er ihre Hand am Körper, nur für den Bruchteil einer Sekunde und doch ... so verdammt verlockend, so verheißend.

Er hatte einen knüppelharten Ständer.

Jutta. Die rote Jutta.

Er hielt es kaum aus, bis er endlich mit der Band abrechnen konnte. Er übergab die Kasse und winkte Jutta mit sich nach hinten ins Büro. Sie wechselten kein Wort, er knöpfte ihre Jeans auf, zerrte sie mit dem Slip herunter, sie hampelten einen Moment lang herum, dann, endlich, drang er heftig keuchend in sie ein, sie schlang die Arme um ihn, hauchte in sein Ohr ... und sie hörten nicht, dass hinter ihnen die Tür geöffnet wurde, bis Hanna sagte: »Das sieht mir aber nicht nach einem ersten Mal aus.«

»Ham-Ham«, machte Arif. »Ham-Ham-Hammelfleisch, Mama spezial«, flüsterte er, spießte einen der scharf gewürzten Fleischbrocken auf und kasperte damit herum. Ein dicker brauner Vorhang trennte die Küchenzeile von dem Bereich, in dem Arifs Mutter auf einem breiten Sofa schlief, sich ihr Kleiderschrank und eine Frisierkommode befanden.

Suse ließ den Kopf auf die Brust sacken.

Sie war total fertig, kaputt, total erschöpft. Die Lauferei, die Bahnfahrten, das Hin und Her im Zentrum von einem Touristenhotspot zum anderen und diese ständige Angst. Die Angst, erwischt zu werden. Sie saß tief und kam immer und immer wieder hoch, wenn sie irgendwo in einer Toreinfahrt hastig eine rauchte oder in einem der düsteren Coffeeshops auf dem Klo hockte.

Manchmal heulte sie dann und hoffte, dass Arif sie umarmte und an sich drückte und sie zu ihm aufsehen konnte, um sich von seinen wunderschönen dunklen Augen wärmen zu lassen.

Er tat es.

Er tat es nicht immer.

Sie spürte seine Hand.

»Meine Süße, meine Süße ist müde. Willst du nichts essen?«

»Ich hab keinen Hunger.« Sie stemmte sich hoch, wandte sich ihm zu. »Bist du noch böse?«

»Du hast den ganzen Tag nichts gegessen.«

»Ich will nicht nach Hause zurück, Arif, ganz bestimmt nicht! Das wollte ich nie. Aber Ma sollte wissen, warum ... warum ich weg bin.«

Arif schüttelte den Kopf.

»Der Mann war nicht gut für dich. Du hast lange mit ihm geredet. Alle fragen mich, ob ich Problem mit dir habe. Das ist nicht schön.«

»Das wollte ich nicht! Das musst du mir glauben, bitte, Arif! Bitte! – Ich liebe dich doch.«

Arif legte seine Hände auf ihre Schultern, sah sie offen an. Seine Lippen bebten ein wenig.

»Bin auch traurig«, sagte er dann. Er begann, sich zu einer imaginären Musik in den Hüften zu wiegen. Helles Mondlicht fiel durchs Fenster, unten vom Platz war das Scheppern leerer Dosen zu hören, vereinzeltes Gelächter, ein Hund bellte.

Es war Nacht. Nacht in Bijlmermeer.

»Arif hat immer nur an dich gedacht. Ich hab Überraschung.«

»Ja ...?«

»Eine Wohnung. – Eine eigene Wohnung in Noord, direkt am Wasser.«

»Das ... das ist ...«

»Wenn genug Geld da ist. Es gibt Programme von Stadt für Leute wie uns, aber es kostet auch.« Er lächelte, er lächelte sein liebes, warmes Lächeln. »Wir können das schaffen, müssen nur zusammenhalten. Unsere Liebe. Unsere Liebe macht stark.«

ACHT

Schorsch stand früh auf. Im Frühstücksraum des Hotels nahm er nur einen Kaffee, schwarz und ohne Zucker. Er trank ihn im Stehen, musterte flüchtig die ausschließlich an den Fenstern sitzenden Gäste. Die »lekker Lady« war offensichtlich nicht dabei. Schorsch verließ das Hotel und ging zügig zur Oude Kerk. Von dort aus unternahm er seinen ersten Streifzug an den hohen Fenstern vorbei. Hinter den meisten stand noch niemand. In einer der Gassen sah er eine Frau das Haus verlassen. Sie trug einen knöchellangen Regenmantel und blau-weiß gestreifte Nikes. Er folgte ihr, bis sie zielstrebig auf einen am Straßenrand parkenden Wagen zuging. Ein SUV, ein schwarzer Skoda, blank gewienert, das Seitenfenster heruntergelassen. Das Gesicht des Mannes, der die Frau grüßend heranwinkte, war nur kurz zu sehen. Dunkelhäutig, Vollbart, Sonnenbrille.

Okay, dachte Schorsch, okay, alles klar.

Die Frau stieg in den Wagen, ihr Mantel klaffte auf, enthüllte nacktes Bein. Schorsch klopfte eine Zigarette aus der Packung, zündete sie sich an. Das Übliche, wie überall im Milieu. Früher Morgen, eine Frau, die von ihrem Luden abgeholt und abkassiert wird. Ende der Schicht.

Schorsch hoffte auf die Ausnahme.

Gegen Mittag belebte sich das Viertel. Chinesen und Thais öffneten ihre Lokale, jugendliche Rucksacktouristen standen vor den Imbissen, am Heringsstand hatte sich eine Schlange gebildet. Immer mehr durstige Dänen und nach Alk gierende Schweden besetzten die Kneipen und Coffeeshops. Hasch und Heineken wurden geordert. Auf einer der Grachtenbrücken stolperte Schorsch ein kleinwüchsiger Ledermann mit einem Hundehalsband entgegen, breit wie eine Natter. Schorsch drehte sich um.

Sein Blick blieb an einem der ebenerdigen Fenster hängen. Die Frau hinter der Scheibe winkte ihn heran. Sie war einen Kopf größer als er, auch etwas fülliger, weißblond und trug eine Korsage und Schaftstiefel. Sie sprach Deutsch und nannte fünfzig. Schorsch war klar, dass sie im Zimmer nachkobern würde. Hand, Mund oder nackt, eine Stunde mit allem, da musste draufgelegt werden.

Er betrat die Kammer.

Es gab nur eine mit dunkelblauem Frotteestoff bezogene Liege und einen Schaukelstuhl, diverse Sexutensilien hingen an den Garderobenhaken. Auf dem Fußboden stand eine Kaffeemaschine und auf einem Tablett daneben Tassen, Zuckerdose und ein Karton Milch.

»Wie hättest du es denn gern?«

»Du bist aus Deutschland?«

»Hannover. Dumpfe Stadt, bleib mir weg mit.«

»Kennst du dich hier aus?«

»Schatz, über wie viel Zeit reden wir?«

Schorsch gab ihr zwei Fünfziger und einen Zwanziger, ein fairer Preis für seine momentanen Wünsche.

Er zog Jacke und Schuhe aus.

»Ich möchte dir dann noch was zeigen. Ich suche ein junges Mädchen. Kann sein, dass es hier im Viertel ackert. Ackern muss.«

Blondie sagte nichts dazu.
Sie knöpfte ihre Korsage auf.

Suse stellte die schweren Einkaufstüten auf einem der Caféstühle ab, setzte sich und drehte sich eine Kippe.

Sie war auf dem arabischen Markt gewesen, hatte die Liste der Mutter abgearbeitet, mit Arifs Geld bezahlt.

Mittlerweile hatte sie ein paar Wörter gelernt, al'arz und halib, yawm jayid, sie konnte grüßen und sich bedanken.

Es war ein leicht bewölkter Tag, nicht unangenehm, es ging auf Mittag zu.

Sie rauchte in Ruhe die Zigarette, bestellte dann an der Theke eine große Cola und zog am Febo-Automaten eine Kaaskrokette.

Sie aß und trank und fühlte sich einigermaßen gut.

Arif hatte ihr verziehen, an diesen Michael aus Deutschland dachte sie nicht mehr. Es war, wie es war, aber es gab eine Zukunft.

Ein eigenes Zuhause.

Mit einem Mal aber wurde ihr der Hals eng.

Der fette de Prins und drei seiner Jungs näherten sich, sie hatten eine Neue in ihrer Mitte, aufgedonnert mit Netzstrümpfen und Stiefeletten, ein kurzer Lederrock spannte über ihrem Hintern. Sie hielt den Kopf gesenkt, trottete so mit, kein schönes Bild.

De Prins sah zu Suse rüber, hob den Arm und spreizte zwei Finger.

Victory, Victory!

Er grinste breit.

Suse grüßte zaghaft zurück ...

VOR EINIGER ZEIT Er schrieb, dass er ständig ihr Bild betrachte.

Dass sie schön sei, wunderschön.

Dass er sich nicht traue, ihr ein Foto von sich zu schicken.

Es brauchte Tage, bis er ihr gestand, dass er aus Marokko sei. Aus Marrakesch.

Aber er liebe Europa.

Er sei vor vielen Jahren mit seinen Eltern nach Amsterdam gekommen.

Er sei auf die Schule gegangen und habe Holländisch, Englisch und Deutsch gelernt. Könnte besser sein, schrieb er. Aber er verstehe alles, was sie ihm schreibe.

Es mache ihn traurig, was er über ihre Mutter lese.

Nicht gut für dich, schrieb er.

Er sorge sich um sie.

Sie musste oft weinen.

Dann kündigte er an, sie zu besuchen. Wunderbar aber sei, wenn sie ...

Sie horchte auf. Jemand kam die Treppe hoch.

Klaus, es war Klaus. Sie kannte seinen Schritt. Sie schaltete schnell ihren Laptop aus, löschte das Licht und huschte ins Bett.

Klaus blieb vor ihrer Tür stehen. Ma wird noch in der Küche sein, schoss es ihr durch den Kopf. Die Spülmaschine einräumen, Brote schmieren, das tat sie inzwischen, wenn Klaus über Nacht blieb.

Die Türklinke wurde heruntergedrückt.

Sie hielt den Atem an, erstarrte.

»Komm morgen Abend vorbei«, sagte die Blonde. Sie öffnete Schorsch die Tür. »War angenehm mit dir, das hat man nicht oft.«

»Du hörst dich um?«

»Versprich dir nicht zu viel. Hier ist ein Kommen und Gehen.«

Schorsch zündete sich noch eine Zigarette an, bevor er auf die Straße trat, das Kopfsteinpflaster, den Weg zur Brücke rüber zum Voorburgwal. Er machte noch einmal die Runde. Inzwischen war jedes Fenster besetzt, junge, hübsche Frauen in Tangas, pinkfarben und blau und Tigerfellmuster, Bodys in Ultraweiß und Gelb-Schwarz, rückenfrei und mit Spitze, glatt fallende Haare, Afros und Rastazöpfe, Tattoos auf Armen und Schenkeln, auf Englisch und Deutsch und Französisch und Niederländisch lockend, sich präsentierend, das schlanke Bein, die Brüste, den Arsch, come, come on and if we live through this night and we'd still be all right, we'd flee to Siam or in bar in Amsterdam ... die Lampen der Musikboxen blinkten auf, Schorschs Handy meldete sich.

Bonnie.

Bonnie klang überaus munter.

»Ich hatte 'ne lange Nacht mit Khasib, wir haben uns was gegönnt, auf meine Rechnung, versteht sich. Gespräch zwischen Experten sozusagen, do you capito?«

»Ich kann dir folgen.«

»Khasib ist viel in Europa rumgekommen, kennt 'ne Menge Leute.«

»Das glaub ich.«

»Du kannst ruhig so was wie Freude aufkommen lassen.«

»Worüber?«

»Khasib hat einige Zeit in Amsterdam gelebt, kennt sich gut aus bei seinen Landsleuten und weiß, wer welche Geschäfte laufen hat. Wenn du verstehst ...«

Schorsch blieb stehen.

»Ja, Bonnie, Ja. Ich such mir 'ne ruhige Ecke«, sagte er. »Ich ruf zurück.«

»Hast du was zum Schreiben dabei?«

Im Prins Hendrik notierte Schorsch auf dem an der Rezeption ausliegenden Block, was er sich eingeprägt hatte. Siri Town, ein Elektrogeschäft in Bijlmermeer, ein Mann namens Yassir, Khasib würde Schorsch ankündigen. Und die »Blackies«, eine arabische Jugendgang, Zwangsprostitution, Drogen, Raub und Betrug, die ganze Palette. Ihr Treffpunkt, die Tulpenbar, liege relativ zentral im Red Light District.

Schorsch schrieb noch, als er einen Hauch von Hanf erschnupperte. Er linste zur Seite, hörte »Seven, please« und wandte sich um. Es war eine attraktive Frau Mitte, Ende dreißig, in Joggingklamotten, die hellbraunen Haare aufgetürmt und zusammengesteckt. Die Rezeptionistin der Spätschicht reichte ihr den Schlüssel. Welcome.

»Sorry«, sagte Schorsch. »Darf ich Sie etwas fragen?«

»Du hast ein Problem?«

»Eine Bitte. – Haben Sie einen Moment Zeit?«

Sie sah auf ihre Uhr. Eine Swatch, hübsche Farbe.

»Okay«, sagte sie und ging vor an die noch unbesetzte Bar.

Schorsch folgte ihr.

Er war sich sicher, dass er es schaffen würde, Zimmer Nummer sieben kurz zu checken. Nach irgendetwas, das Mike möglicherweise zurückgelassen hatte. Einen Versuch war es jedenfalls wert.

Die Frau ließ ihn reden, weiterhin lächelnd.

Als Schorsch geendet hatte, beugte sie sich zu ihm.

»Weißt du, verarschen kann ich mich allein.«

Sie verschwand im Bad, Barbara, eine Flugbegleiterin aus Houston. Sie hatte ihre Vorbehalte zurückgenommen, nachdem Schorsch ihr versprochen hatte, sie anschließend zum Essen einzuladen.

Er stand in der sieben und sah sich um. Die Einrichtung war mit der in seinem Zimmer identisch. Es gab einen zusätzlichen Sessel, über der Lehne ein Handtuch, auf dem ein Top und ein paar Socken trockneten. Schorsch blätterte die Hotelbibel durch, fuhr mit den Fingerspitzen unter der Schreibtischkante entlang, schaute hinter den Spiegel und den Fernseher.

Er kam sich jetzt doch ziemlich albern vor.

Er trat ans Fenster, schob die Gardine beiseite und sah auf eine schmale Gasse. Zum Hinaussteigen lag das Zimmer zu hoch. Warum sollte man auch, sagte sich Schorsch. Blödsinn, alles totaler Blödsinn.

Er stellte sich vor, wie Mike auf dem Bett gelegen und auf den Fernseher gestarrt hatte, auf irgendeins der zig Programme. An was hatte er gedacht?

Er nahm die Fernbedienung, schaltete ein.

Ein Musiksender dröhnte los. Schorsch regulierte den Ton. Barbara kam ins Zimmer zurück.

»Und? Hast du was entdeckt?«

»Nein«, sagte er. »War eine bekloppte Idee. – Sorry.«

Sie öffnete die Schranktür und begann, sich dahinter anzukleiden.

»Magst du mir was über deinen Bruder erzählen?«

Er zögerte.

»Nachher«, sagte er dann. »Beim Essen.«

Sie schien es überhört zu haben.

»Sah er dir ähnlich?«, fragte sie.

»Ein bisschen, die Nase und auch die Augen. Aber sonst – er war etwas schmaler, agiler, meinte der Alte.«

Schorsch tastete seine Jackentasche nach dem Tabakpäckchen ab.

»Wer …?«

»Unser Vater. Er hat uns … unsere Mutter ist tödlich verunglückt, als wir zehn, elf waren, und der Alte hat uns mehr oder weniger allein großgezogen. Glaubte er jedenfalls.«

»War er gut zu euch?«

Schorsch drehte sich eine Kippe, leckte das Blättchen. Er zuckte die Achseln, wurde sich zugleich bewusst, dass sie es nicht sehen konnte.

Sie trat hinter der Tür hervor, hatte Rock und Strickpullover ausgewählt, Herbstfarben, Ton in Ton, dezente Eleganz. Sie war kaum wiederzuerkennen.

»Dein Vater«, hakte sie nach.

»Er war so weit in Ordnung. Solange er keine neue Frau mit nach Hause brachte. Dann wurd's immer unangenehm. Stressig.«

»Das ist für Kinder meistens so, denke ich. – Noch zwei Minuten«, sagte sie und ging zurück ins Badezimmer.

WEIHNACHTEN 1978 Sie saßen schweigend mit Mama Tilde am großen Esstisch, nebenan der golden geschmückte Weihnachtsbaum, die noch unausgepackten Geschenke. Immer wieder tupfte sich Mama Tilde mit ihrem Taschentuch die Tränen ab, murmelte vor sich hin.

Der Arzt war jetzt schon fast eine Stunde am Bett ihres Vater. Nach dem ersten Schluck Champagner hatte er gehustet, nach Luft gerungen und die Hand auf die Brust gepresst, war vor ihren Augen zusammengeklappt.

Entsetzt waren sie aufgesprungen. Pa, Pa, was ist denn? Komm zu dir ... Mama Tilde war schon am Telefon.

Die Glocken hatten geläutet, die verdammten Kirchenglocken.

Stille Nacht, heilige Nacht.

Mike starrte blöde auf irgendetwas. Er mochte ihn nicht ansehen. Er fühlte sich elend, er glaubte, sich jeden Moment übergeben zu müssen.

»Es hat ihm das Herz zerrissen«, sagte Mama Tilde auf einmal.

Mike sah sie an. »Euch hat's nichts weiter ausgemacht, das weiß ich. Aber für euren Vater war dieser Unfall ebenso furchtbar wie der eurer Mutter. Mein Gott, zweimal stirbt ihm die Frau weg, wie soll man da noch Kraft haben.«

Es schnürte ihm den Hals zu.

»Der Alte ist zäh«, sagte Mike.

»Michael! Das ist euer Vater!«

»Ich mein ja nur, er kommt schon wieder auf die Beine.« Mike stieß ihn an. »Glaubst du doch auch, oder? Sag doch mal was. Das ist ja nicht zum Aushalten, wie wir hier rumsitzen, als würde er schon tot sein.«

Halt die Klappe, halt doch endlich die Klappe, wollte er herausschreien. Stattdessen schlug er wortlos mit beiden Händen auf die Armlehnen des Stuhls, mehrere Male, wie ein Vollidiot.

Erst zwei Jahre später, an einem nasskalten Wintertag, starb der Vater dann. Er hatte noch einmal die

Kurve gekriegt, hatte sogar noch kurze Reisen unternommen.

Zu seiner Beerdigung war überraschend auch Jutta erschienen und vergoss Tränen. Das hatten sie irgendwie nicht so richtig nachvollziehen können.

NEUN

Jutta ging an den offenen Bürotüren vorbei, ihre Schritte hallten in dem schmalen, hohen Behördenflur wider. Sie war schlecht gelaunt. Wieder einmal hatte sie ihre Kollegin bitten müssen, für sie einzuspringen. Wegen einer Lappalie, wegen nichts, was sie nicht auch am Telefon hätte beantworten können, jede Wette! Aber nein … »Wie Ihnen ja schon bekannt, Parterre, Zimmer dreiunddreißig.«

Jutta blieb vor dem Zimmer stehen. Die Tür war geschlossen.

Sie holte tief Luft und klopfte.

»Ja, bitte«, hörte sie und trat ein.

Die Kommissarin ließ ein Stück Gebäck zurück in die Tüte fallen, schob sie beiseite und erhob sich. Lyras, hatte Jutta sich eingeprägt. Eine Griechin? Die Frau war wieder mal unmöglich gekleidet. Die reinste Vogelscheuche.

»Danke, dass Sie gekommen sind. Wie war der Verkehr? Ich fahre meist schon eine Stunde früher los. Wir wohnen draußen in Rodenkirchen. Aber setzen Sie sich doch. – Kaffee?« Sie deutete zum Fensterbrett, auf dem neben etlichen Kakteen die Kaffeemaschine stand, eine halb volle Kanne, bitter wie Teufel vermutlich.

»Nein danke. – Sie haben nach Schorsch gefragt, ich meine, nach Georg, er hat sich nicht mehr bei Ihnen gemeldet?«

»Bedauerlicherweise. Wir haben ihm mehrfach eine Nachricht hinterlassen, sowohl mobil wie auch auf dem Festnetzanschluss. Er ruft nicht zurück.«

»Und was kann ich da tun?«

»Haben Sie noch Kontakt?«

»Georg war lediglich nach der Identifizierung kurz bei mir. Wir haben uns gegenseitig ... nun ja, Michaels Tod hat uns beide sehr geschockt.«

»Hmm«, machte die Vogelscheuche. »Seltsam, aber ...« Sie hüstelte. »Wir möchten ihm zum einen den PC seines Bruders aushändigen, und dann – und deshalb die Bitte um ein persönliches Gespräch – möchten wir Sie auch nach Michael Kösters sonstiger Hinterlassenschaft fragen, nach einer eventuellen testamentarischen Verfügung. In seiner Wohnung konnten wir nichts dergleichen sicherstellen.«

Jutta war auf der Hut.

»Meines Wissens hat Michael kein Testament gemacht.«

»Als seine Lebensgefährtin ...«

»Frau Lyras, Lebensgefährtin, das ist sehr weit gefasst. Wir waren in gewisser Weise zusammen, ja, aber jeder hatte zudem noch sein eigenes Leben – genau. Was Michaels Nachlass anbelangt, da kann Ihnen einzig und allein sein Bruder Auskunft geben. Wenn er denn was weiß. Tut mir leid, ich kann Ihnen nicht weiterhelfen.«

»Tja, das ist ...«, seufzte die Kommissarin, »das ist dumm.«

»Wieso ist das denn überhaupt von Interesse für Sie?«

Die Kommissarin lehnte sich in ihrem Bürostuhl zurück, rollte ein Stück vom Schreibtisch weg und legte die Fingerspitzen beider Hände aneinander. Ein dämliches Gehabe, fand Jutta. Frau Kommissarin denkt. Sie klopfte leicht auf die Armlehnen ihres Stuhls.

»In seinen Mails gibt es etliche Hinweise auf größere Beträge, vermutlich bar entgegengenommenes Geld. Wir würden gern klären ...«

»Sind Sie die Steuerbehörde?!«, entfuhr es Jutta.

Ihr Gegenüber zeigte keine sonderliche Regung, schaute sie nur kalt durch ihre runden Brillengläser an.

»Es interessiert uns lediglich, woher das Geld kommt. Und für was es gezahlt wurde. Das könnte einiges klären.«

»Was denn, bitte?«

»Sie werden verstehen ...«

»Nein!« Jutta wurde laut. »Das verstehe ich nicht! Wenn Sie neue Erkenntnisse haben, dann teilen Sie sie mir bitte mit. Aber diese Tour – nein, nein danke!« Sie stand auf drehte sich zur Tür und ging, ohne darauf zu hören, was diese Vogelscheuche ihr nachrief.

Bonnie thronte auf dem Barhocker hinter der Kasse, das Haar- und Nagelstudio an der Ecke gegenüber im Blick, schon die dritte Nutte kam herangestöckelt, früh auf den Beinen, immerhin.

Bonnie hatte bereits sein morgendliches Training im Gym absolviert, war rasiert und geduscht und steckte in seiner Arbeitskluft, Jeans mit breiten Hosenträgern, die Schiebermütze auf dem blank geschorenen Schädel.

Bonnie wartete.

Er wartete auf Khasib.

Doch stattdessen erschien als Erste die Mittagsschichtserviererin, Inga, Ethnologiestudentin im vierten Semester, eine aufgeweckte Fränkin aus Kulmbach, die ihm schon einige Male von ihren Besuchen zu Hause heimisches Bier mitgebracht hatte und auch pfiffige, regionale Rezepte kannte, von denen der Chefkoch allerdings nichts wissen wollte. Nach Bonnies Meinung gehörte das Arschloch schon längst gekündigt, aber Schorsch ... sein verdammtes Mitleid mit eigentlich voll gescheiterten Typen, okay, okay, ein netter Charakterzug, bei kritischer Selbstbetrachtung musste sich auch Bonnie eingestehen, einst voll in der Scheiße gelandet zu sein, allerdings im Zusammenhang mit ... egal, also lass den Pfannenschwenker leben.

Er begrüßte Inga mit Handschlag, sagte seinen Spruch, froh und fit im Schritt? Denn mal fix in die Hufe! Sie lachte ihr jugendliches Lachen und wippte nach hinten zur Ankleide durch.

Kurz darauf schlich der Koch heran, der dämliche Sack, und Bonnie sah demonstrativ auf die Uhr, sagte aber nichts.

Wo blieb Khasib?

Er gab ihm noch eine Viertelstunde und ... zwischenzeitlich musste er halt immer wieder neu versuchen, Schorsch zu erreichen. Irgendeine Scheiße musste passiert sein, denn sonst ... Bonnie sah, dass direkt vor dem Lokal ein bärtiger Sandalenlatscher seinen Hosenlatz öffnete und Anstalten machte ... mit einem gewaltigen Satz hechtete Bonnie mit seinen fünfundneunzig Kilo Kampfgewicht zur Tür.

Martina lehnte angespannt an der Hauswand des Supermarkts, hatte Betriebshof und Straße unter Beobachtung und rauchte. Sie rauchte hastig, um so schnell wie eben möglich wieder in ihrer Kabine zu sein, sicher hinter dem Glas, in Augenkontakt mit den Kolleginnen und Kollegen. Das gab ihr Halt, für sechs bis acht Stunden zumindest, die Schicht über.

Sie sah den vorbeifahrenden Wagen nach, Mittelklassewagen und SUV, regionale Kennzeichen, aber auch Düsseldorfer und Kölner Nummernschilder.

Sie musste an Köster denken, an den ihr von Ingrid empfohlenen Michael Köster, dem sie bei ihrem zweiten heimlichen Treffen im Café am Markt alles über Suse erzählt hatte, wirklich alles, was ihr präsent war, was sie mit ihr erlebt und an ihr wahrgenommen, wie sie sich entwickelt hatte. Die durchgängig guten Schulzeugnisse, ihre Beliebtheit bei den Mitschülern, ihre zurückhaltende Art, aber auch ihr Desinteresse an Jungs, jedenfalls hatte sie als Mutter nichts Gegenteiliges bemerkt.

Verträumt war sie in den Wochen vor ihrem Verschwinden gewesen, ungewöhnlich verstockt dann auch, schroff und abweisend, mal so, mal so, nie richtig einzuschätzen. Schwierig eben.

Die Pubertät, hatte Martina sich gesagt, aber überzeugt war sie davon nicht gewesen.

Michael Köster hatte verständnisvoll genickt, aber nicht gesagt, was er eigentlich verstanden hatte. Hatte lediglich Zuversicht vermittelt und irgendwas von amerikanischen Ureinwohnern erzählt, von denen er gelernt habe, kalte Spuren – er hatte verweht gesagt, wenn sie sich richtig erinnerte –, verwehte Spuren zu lesen. Er sei allerdings nicht billig, und er müsse vorher auch noch einige Zeit allein in Suses Zimmer verbringen.

Martina hatte sich mit beidem einverstanden erklärt.

Hinter Klaus' Rücken.

Jetzt war Michael Köster tot. Überfallen und erschlagen.

Er hatte noch angerufen, ihr mitgeteilt, dass er Wichtiges herausgefunden habe, es ihr aber nicht am Telefon sagen wolle. Dass er zu ihr komme, sie sich auch diesmal wieder heimlich treffen müssten. Er melde sich.

Er hatte sich nicht mehr gemeldet.

Er war … drüben aus einem schnittigen Cabrio stiegen Suses Schulfreundin Iris und ein südländisch aussehender junger Mann mit federndem Gang. Er war gut gekleidet und sprach laut und bestimmend, während er mit Iris zum Eingang des Supermarkts ging, Proviant für irgendeinen Trip, schnappte Martina auf und glaubte, einen holländischen Akzent herauszuhören.

Iris lachte.

Sie schien glücklich zu sein.

Lebendig und glücklich, das Leben noch vor sich.

Und Suse, ihre Suse … Martina schnippte die Kippe weg, sah sich kurz nach allen Seiten um und eilte zurück in ihre Kabine.

ZEHN

Sie hatten viele Stunden miteinander verbracht, in Kneipen und Clubs, in Coffeeshops und Thai-Restaurants. Sie hatten geraucht, getrunken und lange geredet, über Freundschaft und Familie, über das Glück, allein oder zu zweit zu sein, über Hoffnungen und Enttäuschungen.

Der Abschied war kurz.

Schorsch verstaute ihre Reisetasche im Kofferraum des Taxis.

»Einen guten Flug«, sagte er. »Und – danke.«

»Ich hab dir gern zugehört.

»Ich war nahe dran, diese Suche nach irgendwas über meinen Bruder aufzugeben. Aber ich muss es wissen. Wie und was er war, hat auch mit mir zu tun.«

»Es war schön mit dir«, sagte sie. Sie umarmten sich und küssten sich auf die Wange. »Vielleicht sehen wir uns mal wieder.«

»Ist nicht auszuschließen. Irgendwann, irgendwo.«

Sie lächelte, stieg in das Taxi und winkte beim Anfahren des Wagens. Schorsch sah ihm nach.

Radler zogen an ihm vorbei, klingelten und riefen irgendetwas. Er stand zu dicht an der Straße, trat einen Schritt zurück.

Die Temperatur war deutlich gesunken, dunkle Wolken trieben am Horizont, und der Wind brachte Sprühregen mit sich. Kein Wetter, um sich auf den Straßen herumzutreiben. Er legte einen Schritt zu.

Das Café, das inzwischen schon fast sein Stammcafé geworden war, lag direkt an einer der großen Grachten. Der schlaksige Student mit der Norwegermütze sah ihn nur kurz an und servierte auf Schorschs knappes Nicken Cappuccino und Croissant. Schorsch dankte.

»De jonge dame …?«

»Zurück in die Staaten.«

Der Student bedauerte. Ein grauhaariger Schnauzbartträger sah von seiner Zeitung auf, blickte kurz zu Schorsch hinüber, murmelte Unverständliches.

Schorsch zog sein Handy hervor, checkte die eingegangenen Anrufe.

Zuerst rief er Bonnie zurück.

»Höchst erfreut«, sagte Bonnie. Die Ironie war unüberhörbar.

»Ich hab etwas entspannt.«

»Hab ich was gesagt?«

»Du hast es ziemlich oft versucht.«

»Richtig. – Ich hab noch mal mit Khasib über diese Gang im Redlight gesprochen. Das ist ein scheiß übler Haufen. Wenn die sich das Mädchen gegriffen haben, ist sie am Arsch. Auf Droge, versifft, null Chance.«

»Ich war noch nirgendwo.«

»Diese Kids sind Dreck, Schorsch, die reden nicht, die stechen dich gleich ab. Kein Vergleich zu damals –.« Bonnie begann weit auszuholen. Schorsch ließ ihn reden. Es kam gottlob nicht mehr oft vor, dass Bonnie seine großen Zeit auf dem Kiez heraufbeschwor, aber hin und wieder schien er es doch noch zu brauchen. »Wie gesagt, Ansage, Ehre – das ist für die 'n Wichs.«

»Danke«, sagte Schorsch.

»Was heißt danke?«

»Du musst dir keine Gedanken machen. – Sonst was Neues?«

»Lappalien. Hat Zeit.«

»Ich werde möglicherweise bald zurück sein.«

»Sag Bescheid.«

»Hundertpro«, sagte Schorsch.

Er schenkte es sich, Jutta zurückzurufen und wählte Martinas Handynummer. Sie nahm den Anruf nicht an, und Schorsch sprach ihr auf die Mailbox, dass er es später noch einmal versuchen würde, noch während ihrer Arbeitszeit.

Sie nahmen die Tram, stiegen an der Endstation aus und gingen auf der Hauptstraße zurück, vorbei an Reise- und Übersetzungsbüros, einem Handyladen, einer Apotheke und einer Bäckerei, Coffee to go. Niemand begegnete ihnen. Das Pflaster war feucht, aber es regnete nicht mehr.

»Leute arbeiten in City«, sagte Arif. »Sind erst abends wieder zu Hause.« Er legte den Arm um Suse und bog mit ihr nach rechts ab.

Die neuen Wohnhäuser waren dreigeschossig, dazwischen gab es auch ebenerdige und zweistöckige Apartmentwohnungen mit Veranda und Vorgarten, helle Fassaden, viele noch leer stehend.

Weiter hinten ragten Baukräne in den Himmel, Arbeitsgeräusche waren zu hören. Noch mehr Wohnraum wurde gebaut, abgerungen dem Wasser, dem Meer. Die Stadt wuchs, weitete sich aus, veränderte sich.

Möwen kreisten in der Luft.

Suse hob sich auf die Zehenspitzen, um einen besseren Einblick in die Räume zu bekommen. Bilder ihres Elternhauses schoben sich davor, Schnappschüsse.

Sie hatte das Wohn- und Esszimmer vor Augen, die grau-weiß-gold gestreifte Tapete, das großformatige, gerahmte Foto einer Gasse mit Laterne, Rue soundso, den Kamin, den Fernseher, die Eckcouch. Sie sah sich an ihre Mutter gekuschelt, Mamas Hand strich ihr übers Haar, draußen im Garten leuchteten die Kerzen an der eingepflanzten Weihnachtstanne, sie bog sich im Wind, die Tür zu ihrem Zimmer klapperte ...

Suse schnappte nach Luft, hatte Atemnot.

Arif hielt sie. Sie strich mit dem Handrücken über ihr Gesicht, schniefte.

»Ist kalt?«

Suse schüttelte den Kopf.

»Das sind schöne Wohnungen«, sagte sie. »Aber wie ist das mit dem Antrag, das können wir doch gar nicht.«

»Wird von Mutter gemacht. Offiziell. Von Mutter und ihrem Freund. Wird noch dauern, aber ist kein Problem. Ich hab alles geregelt, auch mit neuem Pass für dich, neuer Name.« Er nickte bekräftigend. »Wir brauchen nur noch mehr Geld ...«

VOR EINIGER ZEIT Er setzte sich zu ihr auf die Parkbank mit Blick auf die turmhohen Wohngebäude des Viertels, die Festung, sonnenbeschienen. Ein noch angenehm warmer Frühherbsttag.

Sie sah nur kurz zu ihm hin.

Schlank, dunkelblondes Haar. Lässig gekleidet, teure Laufschuhe. Er hatte schmale Hände, drehte sich geschickt eine Zigarette, schwarzes Kraut.

Vor ihnen auf dem verwahrlosten Kinderspielplatz hingen ein paar Jungs aus der Nachbarschaft rum, sie kannte sie inzwischen, sie prahlten mit Intimkenntnissen aus dem Leben ihrer Fußballidole.

Arif war rüber zur Tankstelle, um seine Geschäfte abzuwickeln.

Der Mann neben ihr sprach, ohne sich ihr zuzuwenden.

»Ihr seid gut«, sagte er. »Echt profimäßig. Die Naive und der Routinier. Dein Freund hat das vermutlich seit frühester Jugend drauf. Er ist Marokkaner, ja?«

Sie musste sich zwingen, nicht sofort aufzuspringen und wegzulaufen, blieb angespannt sitzen und sagte nichts.

»Was greift ihr denn so ab pro Tag? Reicht das fürs Leben, oder geht's nur ums Überleben? Das wär echt scheiße, oder? Sich so durchzuhangeln.«

Sie starrte ausdruckslos auf einen imaginären Punkt, die Lippen fest zusammengepresst. Sie glaubte, dringend pinkeln zu müssen, hämmerte sich ein, nicht dran denken, nicht dran denken, auf nichts hören, nichts hören ...

»Suse ...«

Sie zuckte zusammen.

»Suse«, wiederholte er. »Ich will euch nichts. Was ihr treibt, ist mir eigentlich völlig egal. Jedenfalls wenn es nur das ist, ein bisschen Trickdiebstahl – geschenkt. Ich hatte Schlimmeres befürchtet. Ich hab euch zufällig in der City beobachtet, auf dem Dam, und mich an euch gehängt. Ich will mit dir reden. Du bist doch die Suse – Susanna Magdalena Campmann? – Du hast bisher verdammt viel Glück gehabt. Dass man dir nicht schon längst auf die Spur gekommen ist. Dich geschnappt hat. Eine verdammt einfache Sache. Aber ich kann mir denken, warum das so ist. Ich glaube, ich weiß ziemlich gut über deine Geschichte Bescheid. Ich habe mit deiner Mutter ...«

»Die hat doch keine Ahnung!«, brach es aus ihr heraus. Sie spürte, dass ihr das Blut ins Gesicht schoss.

Der Mann beugte sich näher zu ihr rüber.

»Ich heiße Mike – Michael, Michael Köster, und ich kann dir versichern, dass dich niemand zu irgendetwas zwingen wird. Du liebst diesen Jungen – in Ordnung. Und wenn es dir dabei gut geht, ist das auch voll okay. Das wird man auch akzeptieren, du hast mein Wort.« Er sah zur Tankstelle.

»Ich glaube, dein Freund wird gleich wieder auftauchen. Ich komm später noch mal, so gegen neun, wenn's dunkel wird. Vielleicht schaffst du es, dass wir uns wieder hier treffen. Ich werde deiner Mutter ausrichten, dass es dir gut geht, aber wir sollten reden, du musst mir erzählen, was dir passiert ist, Suse. Du musst darüber reden.«

Du musst, du musst, du musst, hallte es in ihr nach, und als sie sich ihm zuwandte, sah sie gerade noch, wie er zwischen den Büschen verschwand, Zweige knackten, Zigarettenrauch stieg in dünnen Fäden auf ...

Es war halb sechs, als Schorsch Martina an den Apparat bekam. Er saß im Café Americain mit Blick über den Platz zu der Haltestelle der Straßenbahnen, internationale Tageszeitungen vor sich auf dem Tresen.

»Mein ... mein Freund hat uns auf dem Hof gesehen«, sagte sie. »Er hat mich zur Rede gestellt, er unterstellt mir sonst was, aber ich ... ich hab ihm nur gesagt, dass Sie nach Ihrem Bruder gefragt haben, und ich … ich bin dabei geblieben, dass ich nichts davon weiß.«

»Ihr Freund ist bei der Polizei.«

»Woher wissen Sie …«

»Ihre Freundin, die Dauercamperin – Ingrid.«

»Ah ja.« Sie war schlecht zu hören. Schorsch stieg von seinem Hocker, signalisierte der Bedienung, dass er telefonierte, und ging nach draußen vor die Tür.

»Klaus ist … er ist extrem eifersüchtig, das wollte ich Ihnen nur sagen. Wir dürfen uns nicht treffen, wenn Sie … wenn Sie etwas erfahren haben.«

»Sie hören auf jeden Fall von mir. Haben Sie Angst vor Ihrem Freund?«

»Nein.« Das kam sehr schnell. »Nein, nein, nicht direkt, aber er … er wäre gekränkt.«

»Gekränkt?«

»Er war doch bei den Ermittlungen dabei, bei der Suche nach Suse. Das hat … hat nichts gebracht. Wenn er jetzt hört, dass ich Ihren Bruder engagiert habe, heimlich …« Sie brach ab, schwieg. Das sagte Schorsch genug. Er wartete einen Moment.

»Wir halten es wie heute«, sagte er dann. »Ich melde mich während Ihrer Arbeitszeit, und sie löschen den Kontakt.«

»Ja«, sagte sie.

Schorsch spürte, dass sie noch nicht fertig war.

»Sie können beruhigt sein.«

»Ich … seit ich das von Ihrem Bruder weiß, von seinem … seinem Tod, habe ich ein ganz schlechtes Gewissen. Als ob ich schuld wäre … schuld an allem. Dass Suse … dass sie gegangen ist, und das mit Ihrem Bruder, dass ich das auch zu verantworten hab, auch Ihr Leid …«

»Stopp«, sagte er. Er ging vor dem Restaurant ein paar Schritte auf und ab. »Sie haben sich nichts vorzuwerfen, jedenfalls nichts, was Michael und mich betrifft. Das war seine Sache, sein Job, wenn Sie so wollen, und ich ... ich will nur dahinterkommen, was da wirklich passiert ist, wie es dazu kam, verstehen Sie?«

Ihre Antwort war wieder kaum zu verstehen, schien aber so was wie Zustimmung zu sein, nun ja. Schorsch beendete, griff nach seinen Zigaretten. Wenn er schon mal vor der Tür war ... er rauchte und verspürte mit einem Mal große Müdigkeit, das Bedürfnis, sich lang auszustrecken und die Augen zu schließen.

Bärchen kam überraschend früh aus dem Amt, telefonierte noch in der Wohnungstür mit seiner Frau Gemahlin, bedauerte zutiefst, die heutige Theaterpremiere nicht wahrnehmen zu können, schade, wirklich sehr schade, wo doch ganz mein Thema, Molière, »Der Geizige«, er prustete los, legte an Jutta gewandt den Finger auf die Lippen, aber ich spaße doch, meine Liebste, hab einen schönen Abend, bis dann.

Schluss, aus, fertig.

Er streifte die Schuhe ab, mühte sich aus dem dunkelblauen Jackett, wedelte damit wie ein Torero und versuchte einige Flamencoschritte, Applaus, Applaus!

»Erraten? – Ich habe uns beim Spanier Tapas Speciale bestellt, wird in einer halben Stunde geliefert. Mit einem prächtigen Wein. Aber jetzt erst mal ...«

»Einen Drink.«

»Einen Drink«, bekräftigte er. »Einen Porto Ronco in diesem wunderschönen Kelch. Und du, mein Teufelchen, wonach ist dir heute?«

»Ich hab einen scheiß Frust.«

»Aber, aber ...«

»Ich brauche deinen Rat.«

»Ich bin ganz Ohr. Ganz bei dir.« Er legte seinen Arm um ihre Taille, ging mit ihr in den Wohnraum, küsste sie mit gespitzten Lippen auf die Wange und ließ sie dann die Drinks mixen.

»Ich musste zu den Bullen«, begann sie.

»Dieser Freund ...?«

»Ja, Mike – genau. Er soll 'ne Menge Geld eingesackt haben. Schwarzgeld, vermutlich. Es gibt aber nichts Schriftliches.«

»Das ist Sinn der Sache.«

»Ich meine, überhaupt nichts Schriftliches. Nirgendwo. Keine Dokumente, keine Bankbelege, nichts Persönliches, kein Testament.«

Bärchen nippte an seinem Drink, lehnte sich bequem auf der Récamiere zurück und schenkte Jutta ein nachsichtiges Lächeln.

»Dafür hat man Schließfächer.«

»Danke, aber daran habe ich auch schon gedacht. Natürlich wird er bei irgend 'ner Bank ein Schließfach haben. Aber wo, bitte schön? Wo, verdammt?! Dazu gehört ein Schlüssel, aber er hatte nichts mehr bei sich, war ausgeraubt bis aufs Hemd – genau.« Sie nahm auch einen Schluck. »Ich vermute, er hatte ihn in der Wohnung.«

»Dann heißt es, danach zu suchen. Aber bitte –« Er hob die Hand. »Aber bitte nicht mehr heute!«

»Ich war schon da. Der Hausmeister hat mich reingelassen«, sagte Jutta. Sie rieb sich die Stirn. »Ich fürchte, sein scheiß Bruder ist mir zuvorgekommen. Und der wird sich gegenüber den Bullen dumm stellen.«

»Das sollte man immer. – Ich weiß, ich weiß, als braver Diener des Sozialstaates sollte ich das nicht –«

»Mein Problem ist«, unterbrach sie ihn, »mein Problem ist, dass ich vermutlich keinerlei Anspruch auf irgendetwas habe – genau. Dass Schorsch als einziger Angehöriger alles bekommt und ich ... wenn überhaupt, wird er mir Mikes Wohnung nur zu einem horrenden Preis vermieten, von einem Verkauf ganz zu schweigen.«

Bärchen runzelte die Stirn.

»Wie kommst du darauf?«

»Weil er ...« Sie schüttelte den Kopf, seufzte. »Okay, okay, ich hatte mal eine kleine Affäre mit ihm. Sie begann schlecht, und sie endete schlechter. Er beschuldigte mich, ihn um einige Tausende betrogen zu haben.« Sie stand auf und kramte in ihrer Handtasche nach Zigaretten.

Bärchen schlürfte seinen Porto Ronco und verfolgte nachdenklich, wie Jutta sich eine anzündete und vor ihm auf und ab lief.

»Und?«, fragte er dann.

»Was und?«

»War's so?«

Jutta blieb stehen.

»Nein«, sagte sie. »Ich habe in der Zeit auf seine Kosten gelebt – ja. Genau. Aber ihm heimlich in die Tasche gegriffen – nein! Doch er ist felsenfest davon überzeugt, das weiß ich. Ich weiß, wie er tickt.«

»Versuch trotzdem, mit ihm zu reden.«

»Ich erreiche ihn nicht. – Es würd auch nichts nützen.«

Bärchen stellte den Kelch ab und legte die Beine hoch.

»Lass mich nachdenken«, sagte er. »Es gibt immer einen Weg …«

Das Fenster war unbeleuchtet. Die Korsagenfrau stand nicht hinter der Scheibe. Schorsch ging zurück auf die andere Seite der Straße, behielt das Fenster im Blick. Drei, vier Kids spazierten an ihm vorbei, Halbwüchsige mit Shortcutfrisuren und superengen Latexhosen. Sie lachten und stießen sich gegenseitig an, in der Hand des einen blitzte ein Messer auf.

Mit einem Hauch von Sehnsucht musste Schorsch an sein Revier denken, an sein Restaurant auf dem Kiez, eine Oase der gepflegten Gastronomie. Nachdem Hanna ihn aus dem Moonlight gekickt hatte, war er eine Zeit lang orientierungslos gewesen, bis er von dem zum Verkauf stehenden Wiener-Wald-Restaurant in nicht gerade bester Kiezlage hörte und ein Angebot machte. Er bekam den Zuschlag, engagierte eine Polenkolonne für den Um- und Ausbau und legte los.

SOMMER 1989 Jutta kam erst am Dienstag zurück, am frühen Vormittag. Sie sah übermüdet aus und trug kein Make-up. Er begrüßte sie nickend und widmete sich wieder den Umbauplänen und Kostenaufstellungen. Sie zündete sich eine Zigarette an.

»Und?«, fragte sie.

»Was?«

»Hast du nichts zu sagen?«

Er legte den Taschenrechner beiseite.

»Ich hatte am Sonntag einen kleinen Umtrunk mit der Truppe. Piotr hat um einen kleinen Vorschuss gebeten. Dummerweise hatte ich nicht genug Geld dabei.«

»War das etwa ein Problem?« Sie kam zu ihm an den Schreibtisch. Er nahm ihren Körpergeruch war, es war ihm unangenehm.

»In gewisser Weise schon«, sagte er und nahm sich auch eine Zigarette, zündete sie an.

»Inwiefern?«

»Grob zusammengerechnet, sind es allein in der letzten Woche zwischen drei- und viertausend Mark.«

Sie zuckte mit den Schultern.

»Ich hab's nicht genommen.«

»Wie auch immer«, sagte er und stand auf. »In dieser Bude gibt es keine sicheren Verstecke. Aber mir rutscht gelegentlich was aus der Jacke. Okay, ich werd besser darauf achten.«

Sie schien darüber nachzudenken, rauchte und machte ein paar Schritte.

»Wo du gerade diese Behausung erwähnst – sie wird mir allmählich zu eng.«

»Du meinst unser Zusammenleben.«

»Ich meine damit, dass ich es nicht gewohnt bin, mit jemandem in anderthalb Zimmern zu leben, und schon gar nicht, wenn dieser Jemand über ein größeres Vermögen verfügt.«

»Das ist deutlich«, sagte er so ruhig wie eben möglich. Er spürte eine lang unterdrückte Wut in sich aufsteigen. Ein Wut auf sie und auch auf sich. Dass er all ihre Eskapaden, ihre Lügen und auch Betrügereien so lange hingenommen hatte, allein, um ihren Körper zu spüren und wegen der Genugtuung, mit Mike gleichgezogen, wenn nicht sogar ihn übertrumpft zu haben.

»Ich verstehe«, sagte er. »Aber überleg dir genau, was du tust.«

»Danke, besten Dank. Und – dito.«

Schorsch griff in seine Hosentasche und zog die Geldspange heraus, zählte nach. Ein bisschen Bargeld hatte er noch. Seine vorabendliche Müdigkeit war überwunden, er blieb an der Brücke stehen, aus einem der Coffeeshops wehte Jimmy Cliff herüber, eine Katze huschte vor seinen Füßen an die Gracht, der Himmel war dunkel und sternenlos.

Die Tulpenbar war leicht zu finden. Über das hell beleuchtete Eingangsschild waren erotische Darstellungen gemalt, auch eine auf einem Tulpenstengel reitende Schwarze. Männer und Frauen, allein oder in Begleitung, waren eingeladen, Spaß zu haben.

Schorsch betrat den Schuppen, die Abzocke begann schon an der Tür. Ein unverschämter Eintrittspreis, allerdings ein Drink inklusive.

Schorsch zahlte, legte noch einen Zehner drauf.

Er bekam einen freien Platz an der Bar und eine korpulente Animatöse zugewiesen, die weder Englisch noch Deutsch sprach und ihm forsch in den Schritt fasste. Er gab ihr zu verstehen, noch nicht so weit zu sein und orderte die Getränke, das übliche Milieugedeck, Piccolo für die Lady, ein Bier für den Freier.

Schorsch sah sich um und checkte dann auch schnell, wie die Nummer lief.

Die Absprachen wurden quasi auf Zuruf getroffen, ein Wink, ein Schnipsen zu einer der an den Tischen sitzenden Frauen, sehr, sehr jungen Frauen verschiedener Nationalitäten, und die jeweils Gemeinte verschwand hinter der Trennwand zu den Toiletten.

Schorsch peilte eine Schwarzhaarige an, ein Mädchen unter zwanzig, schätzte er, stark geschminkt, Netzstrümpfe, Tigerfellstiefeletten und knapp sitzender Lederrock. Er zuckte gegenüber seiner Tresenlady entschuldigend die Schultern und nahm Kontakt mit dem Mädel auf.

Sie stiefelte los, und er ging betont lässig hinterher.

In der Kammer roch es nach Schweiß und Körperpuder, nach Sperma und sonst noch was. Die Luft war stickig, der Raum überheizt.

»Irena«, sagte das Mädchen und streckte fordernd die Hand aus. Schorsch zupfte einen großen Schein aus seiner Geldspange.

»Nur eine Frage.«

Sie trat wie elektrisiert einen Schritt zurück und noch einen, bis an die Wand. Schorsch behielt das Geld in der Hand. Er zeigte der Kleinen Suses Foto. Ihre Lippen zuckten, aber sie schüttelte heftig den Kopf.

»Wo finde ich sie?«

»Nein!«

»Wo?«

»Nein! Nein!« Sie wandte sich ab und trommelte mit den Fäusten gegen die Wand. Schorsch ahnte, was kommen würde.

Es dauerte auch nur Sekunden.

Die Tür wurde aufgestoßen, zwei Typen stürmten herein.

Schorsch reagierte, wie Bonnie es ihm antrainiert hatte, blitzschnell, aus dem Stand.

Er brachte den ersten mit einem Sidekick zu Fall, versetzte ihm einen kräftigen Tritt an den Kopf, er glaubte, ein Knacken zu hören, ein hässliches Geräusch, spürte den anderen gefährlich nah, einen fetter Typen, schlug ihm die geballte Rechte ins Gesicht, es blieb wirkungslos, und bevor er einen weiteren Schlag landen konnte, traf ihn ein Hieb wie von einem Vorschlaghammer, er schwankte, war ohne Deckung – und stürzte krachend zu Boden. Mitten in tiefste Dunkelheit.

ELF

Schorsch kam unter einer hellen Deckenleuchte zu sich. Er verspürte einen dumpfen Schmerz, sein Mund war knochentrocken.

Schorsch lag auf einer schmalen Liege in einem weiß gestrichenen Raum. Er versuchte, sich so gut wie eben möglich zu orientieren, musste nicht lange grübeln. Krankenhaus, die Notaufnahme vermutlich, alles blank und clean.

Er tastete sein Gesicht ab, die linke Seite war geschwollen, er hatte einen Kopfverband.

Vorsichtig richtete er sich auf. Es tat höllisch weh, die Rippen, der ganze Körper. Er ließ sich wieder zurückfallen und schloss die Augen. Die Tulpenbar, das schwarzhaarige Mädchen, die beiden Typen. Der Hammerschlag.

Idiot, ich dämlicher Idiot! Er dämmerte weg.

Irgendwann wurde er von einer sanften Stimme geweckt. Er sah in das asiatische Gesicht einer jungen Frau und wurde gefragt, ob er verstehe, was sie sage. Schorsch nickte und erfuhr, dass er am Fährterminal hinter dem Centraal entdeckt worden war, offensichtlich zusammengeschlagen und stark blutend.

Er kommentierte das nicht, fragte nur nach seinem Handy, den Papieren und dem Geld. Die junge Frau zuckte bedauernd die Achseln und meinte, die Polizei würde ohnehin noch mit ihm sprechen wollen.

Es war drei Uhr nachts.

Suse kauerte in die dünne Wolldecke gehüllt auf der Matratze. Immer und immer wieder schaute sie auf das Display ihres Handys, die Zeit dehnte sich, zwischen den Sekunden lag eine Ewigkeit.

Sie hatte Angst. Anders als sonst. Unheimlicher. Erdrückender.

Es hatte mit Arif zu tun.

Wo war er? Warum war er noch nicht zurück?

Er hatte sich nach dem gemeinsamen Abendessen verabschiedet, für ein, zwei Stunden, ein wichtiges Treffen, wie so oft, ich bring dir Lakritze mit, magst du doch so gern. Holländische Lakritze.

Seine letzten Worte, schon an der Tür, zum Abschied winkend.

Sie war ans Fenster gegangen und hatte ihn das Haus verlassen sehen, den Block, er ging über den Platz und die Treppe zur Straße hoch. Wo die Tram abfuhr, Richtung City.

Arif, ihr Arif. Er tat ihr so gut. Von Anbeginn an.

Das heimliche Treffen nach der Schule. Der abendliche Austausch von Gedanken und Gefühlen im Chat. Gemeinsamkeiten, Sympathie und mehr. Verlangen. Seine spontane und uneingeschränkte Hilfe. Das würde sie ihm nie vergessen. Wie er nachts mit dem Wagen am Bahnhof auf sie gewartet hatte, weg, nur weg! Allein schon deshalb waren sie miteinander verbunden, egal was ihr eingeredet wurde, was sie sich selbst einredete an nicht ganz so guten Tagen. Wenn sie sich alleingelassen fühlte. Allein war.

Sie musste gähnen. Ihr Kiefer knackte. Sie fror.

Die Angst um Arif ließ sie am ganzen Körper bibbern.

Sie hörte, wie nebenan Arifs Mutter aufstand und auf die Toilette ging. Es würde nicht lange dauern, bis sie das Wasser für den Tee kochte, Gott sei Dank, den Minztee, den sie für Suses Geschmack zu stark süßte. Aber er war heiß, und er tat gut.

Arif, Arif.

Arif, wo bleibst du?

Zurück im Prins Hendrik orderte Schorsch an der Rezeption eine Flasche Whisky und eine große Packung Aspirin. Sein Zimmer müsse vorerst nicht gesäubert werden, er benötige lediglich frische Handtücher. Knapp eine Viertelstunde später konnte er alles in Empfang nehmen. Er warf zwei Tabletten ein und stellte sich vor dem Spiegel in Positur, den Blick nachdenklich zum Fenster gerichtet, die Flasche in seiner Rechten.

Was war zu tun?

Er setzte die Flasche an die Lippen, nahm einen großen Schluck, und es durchströmte ihn wohltuend warm. Er nahm noch einen Schluck. Während er eine Selbstgedrehte rauchte und sich auszog, leerte er die Flasche um gut ein Drittel.

Er hatte Michael vor Augen, bis zum Kinn unter dem Tuch auf dem Tisch der Gerichtsmedizin, um die Lippen den spöttischen Zug, Arschloch, du dämliches Arschloch. Für dich und deinen scheiß Job lass ich mich jetzt auch noch zusammenschlagen, wie bescheuert kann man eigentlich sein? Was hab ich davon? Es dauerte nur Sekunden, bis er eingeschlafen war …

SOMMERFERIEN 1978 Er warf sich auf den Boden, auf den bemoosten Waldboden, die Hände zu Fäusten geballt, trommelte in hilfloser Verzweiflung auf die Erde.

Mike riss ihn hoch, schlug ihm ins Gesicht und zischte ihn an.

»Jetzt heul nicht rum, es ist aus, sie ist ja selber schuld!« Er ließ ihn los, trat einen Schritt zurück und zeigte entschlossen mit dem Finger auf ihn. »Hör zu, wir sind Brüder, wir müssen uns aufeinander verlassen können, jederzeit, auf immer und ewig. Wir bleiben noch 'ne Weile hier, die blöde Kuh hat uns allein gelassen, sich verdrückt, keine Ahnung, wo sie abgeblieben ist, jedenfalls haben wir dann nicht länger gewartet. – Kapiert?«

Er konnte nur noch nicken, schluckte trocken. Und so trotteten sie schließlich aus dem Wald die Anhöhe zum Edelweiß hinauf.

Auf der Terrasse saß ihr Vater unter einem der gelben Sonnenschirme, wie immer tipptopp gekleidet mit einem weißen maßgeschneiderten Leinenanzug, blau gestreiftem Hemd, die Augen mit der sauteuren Castelbajac vor der Sonne geschützt, an einer »Schwarzen Weisheit« nuckelnd. Ein Herr, ein nobler Herr, ohne Titel, aber mit Einfluss und Macht. Mit sich und der Welt sichtlich zufrieden, nun, Jungs, wo bleibt denn meine Schöne?

Mike antwortete, den Kopf gesenkt, kaum hörbar.

Es brauchte nur den Bruchteil einer Sekunde.

Nie, nie zuvor hatten sie ihren Vater dermaßen ausrasten sehen.

Er schlug ihnen beiden ins Gesicht, hart und brutal, sein Gesicht zu einer hässliche Fratze verzerrt. Er fegte das Kaffeegeschirr vom Tisch und rief nach dem Service, nach der Polizei, nach der Feuerwehr, nach einem Suchtrupp, nach allem, was auf den Beinen war, ich zahle, ich zahle alles, aber findet sie, findet sie, findet meine Frau!

Er blitzte sie an, und mit euch bin ich noch nicht fertig, wir sprechen uns noch, wehe euch.

Sie wurde gefunden.

Seine Frau! Seine Zukünftige! Sein Leben!

Es war schon dunkel geworden, als man sie im Unterholz an der Mündung des reißenden Bergbachs entdeckte, in durchnässten Klamotten, diesem albernen Dirndl, Arme und Beine unnatürlich verrenkt, eine tiefe Wunde an der Schläfe, tot, tot, tot. Der Vater brach neben ihr zusammen.

Das Handy vibrierte. Endlich, endlich! Suse meldete sich hastig.

»Arif ...?!«

»Komm runter, wir sind beim Türken. Arif musste verschwinden.«

Es war ... es war de Prins. Suse stockte der Atem. Arifs Mutter sah zu ihr.

»Arif?«, fragte auch sie.

Suse kappte die Verbindung. Sie brauchte eine Weile , um zu sagen, was ihr mitgeteilt worden war. Und von wem. Das Gesicht der Mutter verhärtete sich. Sie schüttelte den Kopf und hielt Suse zurück.

»Du bleibst in der Wohnung. Ich rede mit Prins. Ist ein schlechter Mensch, hab ich Arif immer gesagt.«

Bonnie erledigte das letzte Telefonat, es war nervig. Ihm wurde wieder einmal bewusst, dass es verdammt viele gute Gründe gab, keiner Bank zu vertrauen. Er stieg runter in den Lagerraum des Lokals.

Khasib stand unter der offenen Klappe und nahm die ihm von draußen angereichten Kartons entgegen. Spirituosen zu speziellen Konditionen.

»Kannst du fahren?«, fragte Bonnie.

Khasib lachte munter.

»Wie der Teufel.«

»Normal reicht. Hast du in den nächsten Tagen irgendwelche Verpflichtungen?«

»Du meinst Liebe machen?«

»Ich mein nicht deinen Schwanz.«

»Ich bin frei. – Nur Sklave hier.« Er lachte, und Bonnie lachte auch.

»Wie sich's gehört als dämlicher Kameltreiber.«

Khasib stellte einen weiteren Karton ab und krümmte sich vor Lachen.

»Arschgesicht!«, prustete er. »Das sagt Arschgesicht zu Kameltreiber.«

Bonnie gab ihm einen leichten Klaps.

»Denn fahr mal gleich den Musso auf den Hof. Wir düsen ab nach Amsterdam. Kannst dann auch deine Leute besuchen, könnte ohnehin hilfreich sein.«

»Amsterdam ...?«

»In zwanzig Minuten. Ich muss noch mit Inga reden und was zusammenpacken, damit wir bei den Kaasköppen nicht ganz nackt dastehen.«

Jutta gab es auf. Schorsch rief einfach nicht zurück. Das kommt noch drauf, schwor sie sich. Zu dem anderen, glaub ja nicht, dass ich dir's einfach mache. Danke, Bärchen, du warst mir wie immer eine große Hilfe.

Sie setzte die Espressomaschine in Gang und löffelte auf dem Weg zu ihrem Schreibtisch einen Kirschjoghurt, sie hatte verabredet, erst nach Mittag in der Parfümerie zu sein.

Bärchen war längst wieder aus dem Haus, als regionaler Entscheidungsträger in Amt und Ehren, nun ja.

Sie musste lächeln. Sie klappte ihren Laptop auf und googelte das Red Pepper in Hamburg, notierte die Rufnummer ...

HERBST 1980 »Ich bin schwanger«, sagte sie. Sie lagen nebeneinander im Bett des kleinen Pensionszimmers auf Langeoog, beide nackt. Durch das weit offene Fenster schien die Sonne auf ihre Körper, äußerst angenehm. Mike rührte sich nicht.

»Ich bin schwanger«, wiederholte sie. »Fällt dir dazu was ein?«

»Das ist eine ernst zu nehmende Sache«, sagte Mike und griff nach seinen französischen Zigaretten.

»Allerdings.«

»Die Frage ist erst einmal, von wem?«

»Wie bitte? Hab ich das richtig gehört? Ist das dein Ernst?«

Mike bequemte sich, sich aufzusetzen.

»Du bist letztens doch noch mit Schorschi in die Kiste.«

»Da war nichts, du Arsch!«

»Weiß man's? Er sah danach echt happy aus.«

»Wir haben ein bisschen rumgeknutscht – genau.«

»Genau. Ein bisschen Knutschen, ein bisschen Liebe, ein bisschen Frieden – ein bisschen, ein bisschen, ein bisschen. Was für eine Scheiße! – Willst du das Kind?«

»Willst du es?«

»Herrgott noch mal! Mein Bauch gehört mir! Hab ich das etwa falsch verstanden? Das ist deine Entscheidung.«

Sie stand auf und begann sich anzuziehen.

»Du kannst mich mal«, sagte sie. »Du kannst mich echt mal kreuzweise! Ich treib sowieso ab, auch ohne deine scheiß Meinung.«

»Hey!« Er beugte sich vor und bekam sie zu fassen, zog sie zu sich zurück ins Bett. »Hey, jetzt mal im Ernst. Ich steh vorm Abi, das muss ich erst mal in der Tasche haben. Dann sehen wir weiter, meinetwegen ...«

Inga meldete sich.

»Restaurant Red Pepper, Inga Grosse. Sie möchten reservieren?«

»Ich möchte den Chef sprechen – Schorsch ... sorry, Georg Köster.«

»Herr Köster ist leider nicht im Haus.«

»Sie wissen, was Red Pepper bedeutet?«

»Tut mir leid ...«

»Es hat mit mir zu tun. Rot, roter Pfeffer – ich bin rothaarig und ... ich bin Schorschs ehemalige Geliebte. Er schuldet mir noch was, richten Sie ihm das aus. Und das bitte umgehend, sonst wird es wirklich unangenehm für ihn.«

»Ich ...« Inga schluckte. Die Verbindung brach ab.

Als die Mutter nach über einer Stunde zurückkam, bedrängte Suse sie mit Fragen, Arif. Arif, Arif.

Die Mutter bedeutete ihr zu schweigen.

»Tee trinken«, sagte sie und setzte Wasser auf. Suse konnte es kaum aushalten, wollte unbedingt alles wissen und fürchtete sich zugleich davor, Schlimmes zu hören. Angespannt nagte sie an ihren Lippen.

Als der Tee zubereitet war und die Mutter sich zu Suse setzte, griff sie nach der Hand des Mädchens.

»Was ich sage, sind Worte von Prins, ist nicht die Wahrheit. Prins sagt, Arif hat sich geprügelt mit betrunkenen Tourist. Tourist ist jetzt tot, und Arif muss vor Polizei fliehen. Aber das ist eine Lüge. – Arif hat mir nicht immer Freude gemacht, aber er hatte nie Schlägerei.«

»Er ist geflohen ...?«

»Eine Lüge, wie ich sage. Arif wird sich bald melden, ganz sicher.«

»Wo ... wo ist er denn? Ich meine, hat das keiner gesagt?«

»Ich hab mit Prins allein gesprochen.« Die Mutter seufzte. Sie zupfte ihren Kaftan über der Brust zurecht, ihr Blick war ernst. Sie holte tief Luft. »Du kannst nicht bleiben, du bist in Gefahr ...«

»Ich ...« Suse konnte es nicht fassen, das alles nicht.

Arif! Arif!

»Prins sagt, du gehörst ihm«, fuhr die Mutter fort. »Ist so abgemacht mit Arif. Und Arif hat noch nicht alles Geld gezahlt.«

»Nein!«, stieß Suse aus. »Nein!« Ihr versagte die Stimme. Sie war wie gelähmt.

Die Mutter hob beruhigend die Hand.

»Ist auch große Lüge, ich weiß. Arif würde dich nie verkaufen, Arif liebt dich, das ist die Wahrheit. Aber Prins ist böse.« Sie schüttelte den Kopf. »Wir müssen Weg finden, wie du ohne Gefahr gehen kannst.«

Suse sackte in sich zusammen. Ließ den Kopf auf die Arme sinken. Sie hatte das Plakat vor Augen, verschwommen, den Platz in Marrakesch mit den unzähligen Buden, dem aufsteigenden Rauch, dem Sternenhimmel.

Heimat, hörte sie Arif sagen. Ist meine Heimat ...

Bonnie beschleunigte den SUV. Die Spur war frei, eine Geschwindigkeitsbegrenzung gab es nicht. Khasib hob den Daumen.

Draußen flitzte die Landschaft vorbei, Felder und Wiesen, vereinzelte Gehöfte, schön flaches Land.

»Was hast du eingepackt?«, fragte Khasib.

»Kraftnahrung«, sagte Bonnie und reagierte nicht weiter auf seinen Beifahrer. »Wir müssen über die Grenze, ich hab keine Ahnung, wie das da inzwischen abläuft. Denkbar ist jede Kacke. Wie auch immer, du hältst die Klappe.«

»Du meinst Terror?«

»Du bist nicht gerade der norddeutsche Typ und ich ...« Er hatte sich einigermaßen solide gekleidet, mit sauberen Jeans, einem weißen T-Shirt und halblanger, schwarzer Lederjacke. Er winkte unwillig ab. »Scheiß drauf, wir werden sehen. In der Not gibt's auch noch andere Wege.«

»Ja?«

»Wie bist du denn eigentlich nach Hamburg gekommen?«

»Ich war zuletzt in Schweden.«

»Und?«

»Lange Geschichte«, sagte Khasib. »Ist nicht leicht zu erzählen. Gab Freunde, eine Frau.« Er lächelte. »Sie war verheiratet.«

»Okay, okay«, sagte Bonnie. »Alles klar. Ich binde dir auch nicht alles auf, auch nicht in einer besoffenen Nacht.«

»Aber ich weiß.«

»Was weißt du?«

»Was man so sagt, in der Küche und überhaupt. – Du warst eine große Nummer auf Kiez, alle hatten Angst vor dir.«

Bonnie lachte, er lachte herzhaft und schlug mehrere Male aufs Lenkrad.

»Das ist gut«, sagte er. »Dann glaub mal fest dran, wenn es eng für uns wird. Im Handschuhfach ist 'ne CD.«

»Chef, ich ...«

»Nun mach schon.«

Khasib stöhnte theatralisch, schwere Last, schwere Last mit Wissen von dem, was möglicherweise bevorstand. Er öffnete die Klappe und sah auf das Cover. Ein junger Typ, lässig auf einem Stuhl zurückgelehnt, eine Trompete in der Rechten.

The Best of Chet Baker.

»Ist gute Musik?«, fragte Khasib.

»Muss man gehört haben.«

Weit hinten in dem abgedunkelten chinesischen Restaurant saß Schorsch an einem Nischentisch und löffelte eine Nudelsuppe. Er hatte sich im Hotel etwas Bargeld auszahlen und auf seine Rechnung setzen lassen, Bonnie war unterwegs. Bonnie würde alles regeln, die Kosten und die Rückführung des Saab, viel mehr war nicht nötig. Viel mehr musste nicht sein, sein Entschluss war gefasst.

Schorsch schlürfte die Suppe, schmeckte die Kräuter, die natürliche Würze. Sein Körper, seine Knochen schmerzten noch, aber der Kopf war wieder klar. Er trank den Rest der Suppe direkt aus der Schale, griff nach dem Heineken, nach der eiskalten Flasche. Für einen Moment dachte er daran, was Mike wohl zu sich genommen hatte, der seit seinem Amerikaaufenthalt konsequente Vegetarier und, soweit er es noch mitbekommen hatte, experimentierfreudige Drogenkonsument. Mike, der IT-Berater. Der Mann mit mehreren Gesichtern und etlichen Geheimnissen.

JANUAR 1981 Die Pflegerin packte ihre Sachen zusammen. Sie war nicht sehr viel älter als sie beide und sah sehr gut aus.

»Mit eurer Mama Tilde geht es zu Ende«, sagte sie. »Ich kann sehr gut verstehen, dass ihr sie von Herzen liebt. Sie ist etwas Besonderes.«

Er hatte einen Kloß im Hals, konnte nichts sagen.

Mike umarmte die Pflegerin spontan, küsste sie auf beide Wangen. Mein Gott, Mike!

»Danke«, sagte er. »Tausend Dank. Wir setzen uns zu ihr.«

»Ja, tut das. Erzählt ihr was, singt ihr ein Lied – sie bekommt das mit, und es ist schön für sie.«

Nachdem sie gegangen war, sahen sie sich an, nickten sich zu und gingen in das für Mama Tilde hergerichtete ehemalige Arbeitszimmer ihres verstorbenen Vaters.

Mama Tilde lag in einem Pflegebett, sie hatte die Augen geschlossen.

Sie rückten die Stühle heran, warteten.

»Ich kenn kein Lied für so was«, sagte Mike.

»Stille Nacht ...?«

»Mitten im Sommer, ja? Meine Fresse!«

Mama Tilde rührte sich. Ihre magere Hand tastete herum.

»Michael? Michael?« Es war kaum mehr als ein Flüstern.

»Ja, Mama, ich bin hier. Schorsch auch. Wir sind bei dir, wir verlassen dich nicht.«

»Ich ... aber ich muss gehen. Ihr ... seid ja gut ... gut versorgt, ich kann euch ... allein lassen, ihr kommt ... ihr kommt zurecht.«

»Das wollen wir aber nicht.«

»Michael, ihr ... ihr habt ... hört mir zu, hört mir beide zu. Euer Erbe, ich ... ich weiß es, aber ich ... verzeihe euch auch. Euer Vater, es ... es war nicht leicht mit ihm, auch für mich ... nicht. Diese Frau ... die er damals ... heiraten wollte, das war ... das war eine furchtbare Frau.«

»Ja, das war sie. – War sie doch, Schorschi, oder?«

»Sie ... sie hatte kein Herz.«

»Es war ... es war trotzdem nicht richtig, dass ihr ... sie umgebracht habt.«

Ihm stockte der Atem, und auch Mike zuckte zusammen. Sie hatten beide keine Worte, sahen sich nur an.

»Es war ein Unfall«, sagte Mike nach etlichen Schrecksekunden. »Ein Unfall.«

»Euren Vater habt ihr nicht ... täuschen können. Er wusste es ... schon am selben Tag. Er wollte sein Erbe dann einer ... Stiftung überschreiben. Er hatte das schon ... schon formuliert, aber ich ... ich habe ihn davon abbringen können.«

»Das ist ...« Mike beugte sich zu ihr vor. »Das ist lieb von dir, aber sie ist wirklich ... sie ist da am Bach ausgerutscht und ...«

»Es war ... nicht sehr schwer, euren Vater ... ich habe ... ich habe nicht mehr viel Zeit. Er hatte ... er hatte ja dann eine ... eine letzte Liebe, eine Vertraute, das ... sollte niemand wissen, sie muss sehr ... sehr gut zu ihm gewesen sein«

Sie wechselten wieder einen Blick, total überrascht.

Eine letzte Liebe? Der Alte? Der alte, herzkranke Mann?

»Mama Tilde ...«

»Gebt mir eure Hände ... bitte.«

Sie hielt ihre Hände, lächelte ein mildes Lächeln. Ihr Atem wurde flacher. Sie schloss die Augen ...

Sie erreichten Amsterdam am späten Nachmittag, hatten die Autobahn vorsichtshalber doch kurz vor dem Grenzübergang verlassen, waren übers Land in Richtung Oldenzaal gefahren und hatten in der Gemeinde De Poppe eine kurze Rast gemacht, bevor sie auf der Landstraße unkontrolliert in die Niederlande gelangt waren.

Es war Rushhour, immens starker Verkehr. Bonnie kurvte einmal um den Centraal herum, hatte die Faxen dann dicke und fuhr direkt vor das Infozentrum, stellte den Motor ab.

Hinter ihnen die Straßenbahnhaltestellen, sämtliche Linien, Touristen zogen mit ihren Rollkoffern über den Platz, vorbei an den Anlegestellen der Grachtentouren, Amsterdam bei Nacht, festliches Dinner, ein Strom von Radfahrern strampelte auf den großen Straßen vorbei.

Bonnie stieg aus dem SUV. Er dehnte und streckte sich.

Khasib kam auf seine Seite.

»Ich nehm die Bahn«, sagte er.

»Warte«, sagte Bonnie. Er klappte den Fahrersitz nach vorn und hebelte eine Klappe im Boden auf. In der Ausbuchtung lagen mehrere Handys und zwei kurzläufige Glocks, neun Millimeter, zehn Schuss.

Khasib hob abwehrend die Hand.

»Brauche ich nicht«, sagte er. »Habe Messer.«

»Ein Handy.« Er gab es Khasib. »Wir müssen in Kontakt bleiben. Aber nur darüber. Die Nummern sind im Speicher.«

Dann warf er einen Blick über den Platz, orientierte sich. Khasib sah sich ebenfalls um.

»Freue mich auf alte Freunde«, sagte er. »Werde rausfinden, was in Tulpenbar passiert ist, ganz bestimmt.« Er klopfte Bonnie auf die Schulter und tauchte in der Menge unter.

ZWÖLF

Es war kurz nach sechs, als Martina die Kaffeemaschine einschaltete und das Frühstück vorbereitete, Leberwurst und Schinken für Klaus, Toast und Marmelade für sich. Sie hatte nicht geduscht, nur das Gesicht gewaschen und die Haare gebürstet, es war ihr Saunatag, jeden Mittwochabend mit Ingrid und ihrer Frau.

Klaus kam zu ihr in die Küche herunter. Er trug schon seine Dienstkleidung, war frisch rasiert und schien gut gelaunt zu sein. Er küsste sie und strich wie beiläufig über ihren Hintern.

»Ich geh übers Wochenende auf die Jagd«, sagte er. »Zu schießen gibt's nichts, wir wollen nur mal wieder unter uns sein.«

»Das ganze Wochenende?«

»Ich bin am Sonntag zur Sportschau zurück. – Ich erzähle dir alles«, fügte er bedeutungsvoll hinzu. »Ich mach aus nichts ein Geheimnis.«

»Ja«, sagte sie. Mehr nicht.

Sie wartete im Stehen, bis der Kaffee durchgelaufen war, schenkte ein und setzte sich zu Klaus an den Tisch. Er aß sein Brot mit gutem Appetit.

»Hoffentlich erlebe ich keine böse Überraschung.«

»In eurer Hütte?«

»Dass ich dich mit einem neuen Liebhaber erwische.« Er lachte selbstgefällig.

»Wer hätte schon Lust, dir in die Quere zu kommen?«, sagte sie.

»Oho, oho, oho – was sind das denn für Töne am frühen Morgen?«

»Entschuldigung, ich meine …«

»Du hast ein Talent, dich echt scheiße zu verhalten. Das ist auch Werner schon auf den Sack gegangen. Aber seine Art, dich ruhigzustellen, ist nicht mein Ding. Ich müsste kotzen, dich jedes Mal vögeln zu müssen.«

Martina ballte unter der Tischplatte die Faust.

»Du musst ja nicht bleiben«, sagte sie schmallippig.

Er ließ das Messer fallen, Geschirr klapperte. Sie sah zu Boden.

»Da hast du recht«, hörte sie ihn. »Da hast du verdammt noch mal recht! Vielleicht sollten wir's wirklich lassen! – Es macht eh keinen richtigen Sinn mehr.« Das war ihm so rausgerutscht.

Martina horchte auf.

Khasib meldete sich gegen Mittag bei Bonnie, der ausdruckslos zuhörte, den Blick auf Schorsch gerichtet.

»Okay«, sagte Bonnie, drückte Khasib weg und legte das Handy behutsam vor sich auf den Tisch.

Sie saßen noch im Frühstücksraum des Hotels, was gesagt werden musste, war gesagt, Schorsch war gerade aufgestanden, um draußen eine zu rauchen.

»Was sagt er?«

»Ein Gerücht, er bleibt dran. In der Bar soll ein Junge umgekommen sein. Erschlagen bei einem Streit. Einer von den Blackies, dieser Gang. Khasib traut der Sache nicht ganz, weil nichts weiter über den Jungen zu hören ist.«

Schorsch starrte Bonnie an.

Ein Junge? Er hatte vor Augen, wie die beiden Typen in die Kammer gestürmt waren. Ein fetter Brocken und ein schmaler, sehniger Typ. Flink, flink mit einem Messer oder sonst was. Er hatte ihn als Ersten …

»Ich habe … mein Gott, ich hab ihn abgewehrt, ein Tritt und …«

»Noch ist nichts Fakt. Und wenn – vergiss es. Sie sind über dich her.«

»Hat Khasib nicht noch mehr erfahren?«

»Wir hören von ihm«, sagte Bonnie. »Er erledigt das korrekt, nicht mal eben so. Das gefällt mir.«

»Wenn ich den Jungen getötet habe …«

»Lass es, Chef. Lass es. Ich hol uns 'n Bier.«

Er stand auf, Schorsch erhob sich mit ihm, seine Rippen schmerzten. Er zeigte an, dass er rauchen wolle. Er fühlte sich nicht gut, ganz und gar nicht. Ihm war elend, hundeelend.

SOMMERFERIEN 1978 Sie schliefen in einem Hotelzimmer neben dem ihres Vaters, ein breites Bett mit verschnörkeltem Metallrahmen und einem Baldachin, grässlich, totaler Tussigeschmack. Sie hörten die Zukünftige ihres Vaters mit dem Alten herumalbern, hörten ihren Vater reden wie einen degenerierten Trottel. Es tat ihnen weh, es tat ihnen körperlich weh, sie mussten sich nur ansehen, um zu wissen, wie jedem von ihnen zumute war.

Mike schaltete das Radio ein, wählte einen Sender mit irgendeiner Musik, drehte die Lautstärke voll auf.

Die blöde Kuh kreischte, der Vater schrie, dass sie Ruhe geben sollten.

Mike machte das Radio wieder aus.

»Ich könnte kotzen«, sagte er. »Scheiße! Scheiße, Scheiße, Scheiße, wir bleiben nur noch drei Tage.«

Er wusste, was das hieß. Mike warf sich wütend im Bett herum, die Matratze quietschte. Sie fanden beide keinen Schlaf. Die Minuten, die Stunden dehnten sich.

Drei Tage, nur noch drei Tage in diesem Luxushotel, einen Luxus, den die Zukünftige in vollen Zügen auskostete.

Zum Frühstück mussten sie sich den Sermon ihres Vaters anhören, nickten gehorsam. Die blöde Kuh quasselte was von einem kleinen Spaziergang in den Ort runter, war auf Shoppen aus, keine Frage, die geldgeile Natter.

»Dürfen wir mit?«, fragte Mike.

»Ihr wollt laufen?«

Mike stieß ihn an.

»Ja«, sagte Mike, und er schloss sich an.

»Da siehst du, was so eine kleine Ermahnung alles bewirkt. Die Jungs reißen sich darum, meine Schöne zu begleiten. Nun denn, zieht euch ordentlich an, und dann ab mit euch.«

Sie nahmen sie in die Mitte, Mike rechts, er links.

Sie blieben dicht bei ihr.

Beschleunigte sie ihre Schritte, taten sie es auch, wenn sie langsamer ging, wurden sie ebenfalls langsamer.

Anfangs schwieg sie. Hielt es aber nicht lange durch.

»Das nervt«, sagte sie. »Wenn ihr nicht vernünftig gehen wollt, verzieht euch.«

»Wie ein Furz im Winde«, sagte Mike.

»Werd nicht ordinär.« Sie blieb stehen und wies zum Hang hinauf. »Los, haut ab, macht sonst was, aber geht mir nicht auf den Geist.«

»Willst du nicht mehr unsere liebe Mutti sein?«

Sie lachte ihr dämliches Lachen.

»Ich sag euch mal was. Seht zu, dass ihr bald ein für alle Mal aus dem Haus kommt, und zwar fix! Sonst werdet ihr rausgeworfen, verstanden? Dazu bring ich euren Vater auch noch, das verspreche ich euch!« Sie eilte weiter.

Sie sahen ihr nach, warteten eine Weile, hüpften auf der Stelle, lockerten sich.

Schließlich gab Mike das Kommando. Sie rannten ihr hinterher in den Wald und – sahen sie nicht mehr. Sie schien wie vom Erdboden verschluckt.

Verwirrt lauschten sie.

Mike stellte sich an einen Baum, musste vor Aufregung pinkeln, während er ... er kämpfte sich quer durch hohes Gras und Buschwerk bis zu der kleinen Lichtung am Wildbach. Durch das Geäst der hohen Tannen fielen helle Sonnenstrahlen.

Ein Strahlenkranz. Ein Gesumme in der Luft ...

Und da entdeckte er sie.

Sie hockte nicht weit von ihm im Gebüsch, das Höschen heruntergezogen, und er konnte nicht anders, er musste hinsehen, gaffte sie an.

Sie bemerkte es. War kein bisschen verlegen, kam hoch und präsentierte ihm ihre nackten Schenkel.

»Hast du doch zu Hause schon gesehen, im Bad. Glaubst du, das hätte ich nicht bemerkt. Wie du dir deinen kleinen Schwanz gerieben hast. Versuchs doch mal richtig, komm! Komm her! Lass mich sehen, ob du's bringst!« Sie lachte.

Sie lachte ein höhnisches Lachen.

Sie lachte ihn aus.

Er schloss kurz die Augen, holte tief Luft, schwoll riesig an, hasserfüllt.

Er stürzte auf sie zu, bückte sich nach einem der am Ufer liegenden Steine, hörte nur noch den Schrei, den durchdringenden Schrei und schlug mit aller Kraft zu.

Aus, aus, aus!

Es war vorbei.

Schorsch kaufte ein paar Joints und fragte nach Wodka. Der Typ hinterm Tresen musterte ihn kritisch, nickte dann aber und kramte unter der Theke herum. Wird denken, alter, abgewrackter Mann, sagte Schorsch sich, ein Alki, der sich die volle Dröhnung geben will. Hat ja auch recht, weitgehend jedenfalls.

Der Typ schenkte ein. Ein Wasserglas, halb voll.

Schorsch dankte und verzog sich in den hinteren Teil des Coffeeshops, setzte sich auf die durchgehende Sitzbank, über ihm in der Ecke ein Lautsprecher, aus dem abgenudelte Songs tönten, »Hotel California«, die Hippiehymne.

Zwei junge Frauen kuschelten sich aneinander, und Schorsch fragte sich urplötzlich, warum er nie eine längere Beziehung gehabt hatte. War es die Angst vor zu großer Nähe oder tief verwurzelte Verachtung? Der Zwang, in jeder Frau die geldgierige Natter seines Vaters erkennen zu müssen?

War es das? Was war es?

Er inhalierte, hielt den Rauch so lang wie eben möglich in den Lungen. I saw a shimmering light, my head grew heavy and my sight grew dim, I had to stop for the night.

Mike triumphierte über ihn. Der reißende Bach spülte das Miststück davon. Ich hab sie erschlagen, ich hab sie getötet. Ich bin Mike auf den Leim gegangen. Mike hatte es vom ersten Moment an so gewollt, ich hab mich von ihm einwickeln lassen. Er ist der eigentliche Täter.

Das stand jetzt klar vor ihm in seinem Dschumm, aber er fühlte sich damit kein bisschen besser. Die Rauchfäden kringelten sich zur Decke des Coffeeshops.

Schorsch sah, dass eine der jungen Frauen ihre Hand unter den Hosenbund der anderen schob, verspürte den kurzen Schmerz in der Brust, gewöhnt daran seit vielen Jahren und doch weiterhin vor sich selbst leugnend, wie auch immer schuldig geworden zu sein, schuldig des Mordes an der Geliebten seines Vaters. Aus Eigennutz oder ...

Seine Kehle wurde eng.

Über die Wände huschten die Schatten der Gäste, zottelige Gestalten, Dreitagebartträger, Asiaten und Männer in Begleitung junger Burschen.

Schorsch sah jetzt auch wieder den schmalen Typen im Hinterzimmer der Tulpenbar vor sich, ein weiteres Opfer.

Mein Gott!

Er rauchte. Er schloss die Augen. Welcome to the Hotel California, such a lovely place, such a lovely face.

Er musste husten, es nahm ihm den Atem. Mord, Totschlag – egal, auch diesmal war es wieder Mike, der ihn ... der ihn da hineingezogen hatte. Schorsch kippte den lauwarmen Wodka runter, Vergangenes wurde gegenwärtig, Gegenwärtiges wurde zum Spiegel des Vergangenen.

Suse kam nicht zur Ruhe, sie stand vom Tisch auf, sie ging zum Fenster, schaute hinaus und ging nach nebenan in ihr Zimmer, in Arifs Zimmer. In ihre Höhle, ihr

Zuhause, vorerst noch glaubte sie, Arif zu hören. Vorerst noch. Sie durchwühlte ihre Sachen nach irgendwas, ließ es sein und kam zurück, fragte, was sie schon zigmal gefragt hatte, und die Mutter wiederholte, was auch sie schon zigmal gesagt hatte.

Arif, Arif, Arif.

Immer wieder Arif. Wohin war er verschwunden, abgetaucht? Wann würde er sich melden, wieder bei ihr sein?

Sie war verzweifelt.

Es war spät geworden. Sie fühlte sich kraftlos, empfand aber keine Müdigkeit, sie wusste, dass sie ohnehin nicht würde schlafen können.

Arif, Arif, lass mich nicht allein.

Die Mutter räumte das Geschirr ab, ging wortlos vom Tisch zur Spüle.

Ein Geräusch an der Tür. Ein kräftiger Schlag.

Die Tür sprang auf.

Im Türrahmen stand de Prins, groß und breit, füllte den Rahmen ganz aus.

Er legte den Finger auf die Lippen, jetzt bloß kein Geschrei.

»Ganze Szene spricht darüber«, berichtete Khasib. Er war zu Bonnie in den SUV gestiegen. Es war nach Mitternacht, eine dunkle Nacht, hier bei den Blocks dunkler als anderswo in der Stadt. Keine Laternen auf dem Gehweg, auf der Straße zur City nur die Lichter der schnell vorbeiflitzenden Wagen. »Jeder erzählt anders.«

Khasib nahm einen tiefen Zug von seinem Joint.

Bonnie rauchte eine Marlboro, hatte die Stirn gerunzelt. »Unterm Strich?«, fragte er.

»Fakt ist, der Junge ist tot. Heißt Arif und gehört zu den Blackies. Chef ist ein total fetter Typ, nennt sich de Prins.«

»Okay.«

»Aber Arif ist spurlos verschwunden. Wird gesagt, der Fette hat ihn irgendwo versenkt, um nicht die Bullen am Hals zu haben. Kann er nicht brauchen bei seinen Geschäften. Wie gesagt ...«

»Schon klar«, unterbrach Bonnie. »Was weiß man über diesen Arif?«

»Soll auch als Taschendieb rumgezogen sein. Zuletzt mit irgend 'nem Girl.«

»Ein Girl.« Bonnie fixierte Khasib scharf.

Khasib verdrehte die Augen, hob abwehrend die Hände.

»Jaja – hab ich doch auch gleich gedacht. Was du gesagt hast. Wo der Chef dran ist.«

»Ja und? Ist das ausgeschlossen?«

»Niemand kann Genaues sagen. Einer sagt, schwarze Haare, große Brust und grässlich angemalt. Anderer sagt, voll verschleiert. Voll Muslimin. Keiner will wissen, welche Sprache sie spricht.«

»Dann muss man mit ihr reden.«

»Wird schwer«, sagte Khasib und nahm schnell noch einen Zug. »Ich hab nichts sonst von Arif. Kein Familienname, und gewohnt hat er in einem der Blocks. Da leben in einem schon tausend Leute. Aber ich hab Yassir noch nicht gefragt, ist unterwegs, der weiß das vielleicht.«

Bonnie zog die Augenbrauen zusammen.

»Und die Blackies?«, fragte er. »Wo lungern die rum?«

»Nein ...!«

»Was nein?«

»Das ist nicht dein Ernst. So welche lassen sich nichts fragen.«

Bonnie schenkte ihm ein nachsichtiges Lächeln, nahm ihm den Joint aus der Hand und gönnte sich auch einen Zug.

»Sag ich das?«

Schorsch verließ den Coffeeshop an der Gracht. In den Hausbooten brannten die Lichter, durch die halb geöffneten Luken waren Gesprächsfetzen zu hören, Essensgerüche hingen in der Luft.

Schorschs Handy meldete sich.

Er nahm den Anruf an, musste sich an einem Baum abstützen. Hanf und Alkohol hatten seine Schmerzen kaum gelindert. Er war ziemlich schwach auf den Beinen. Er hörte Bonnie zu und war anschließend nicht in der Lage, eine Entscheidung zu treffen.

De Prins wies seine beiden Jungs an, sich nach nebenan in den Kassenraum zu verziehen. Sie grinsten fies. Suse schnürte es die Kehle zu, sie stand stocksteif da. De Prins brachte sie mit sanftem Druck dazu, sich auf den einzigen Stuhl im Raum zu setzen.

Sie befanden sich im Office der aufgegebenen Tankstelle, einem kleinen Büro, aus dem der Schreibtisch entfernt worden war. Stattdessen gab es ein Feldbett und ein Metallregal, in dem mehrere flache Lebensmittelkartons, etliche Stangen Zigaretten und Papierrollen aufeinandergestapelt waren.

Ganz oben auf dem Regal erkannte Suse ihren Laptop, zusammen mit zwei weiteren Geräten. Es versetzte ihr einen Stich.

VOR EINIGER ZEIT Nur die sparsam gesetzten Bogenleuchten gaben noch Licht, als sie sich aus dem Haus schlich. Was sie an Kleidung für notwendig gehalten hatte, befand sich zusammen mit ihrem Laptop in dem Rucksack, den sie bereits nach der Schule im Bahnhofsschließfach deponiert hatte.

Es war eine milde Spätsommernacht.

Auf der Hauptstraße wurde sie kurz nacheinander von mehreren Wagen überholt. Niemand blendete auf oder hielt an, um ihr anzubieten, sie mitzunehmen. Das hätte sie auch nicht gewollt, sie hoffte vielmehr, dass sich später kein Mensch an die in Richtung Innenstadt laufende Person erinnern würde.

Sie trug ihren grauen Jogginganzug und die orangefarben abgesetzten Laufschuhe, das blonde Haar zu einem Pferdeschwanz zusammengebunden.

Arif lehnte rauchend an einem alten Ford. Als er sie sah, ließ er die Kippe fallen und lief ihr mit weit ausgebreiteten Armen entgegen. Er drückte sie fest an sich. »Du bist gekommen, du bist wirklich gekommen, du hast es geschafft! Ich bin so glücklich!«

Sie küsste und küsste und küsste ihn.

Ihr Herz klopfte wie verrückt.

Arif drängte zur Eile.

Während der Fahrt redete er unentwegt, malte ihr aus, wie ihr gemeinsames Leben aussehen werde. Es hörte sich gut an, doch sie konnte sich noch nicht richtig begeistern, die Gedanken an das, was sie hinter sich ließ, wogen schwer.

Sie lehnte den Kopf an die Scheibe und blickte hinaus in die sich erst nur schemenhaft abzeichnende Landschaft.

Es war ein Abschied. Ein Abschied von allem Vertrauten. Von allem Verhassten.

Ein Abschied für immer. Vorerst jedenfalls.

Es wurde ein strahlend sonniger Tag, und als sie Amsterdam erreichten, war sie schon etwas entspannter.

Sie fuhren durch einspurige Straßen und über Brücken, vorbei an hohen, schmalen Häusern mit Giebeldächern, und schließlich folgte Arif den Straßenbahnschienen, die aus dem Zentrum hinaus zu mehreren riesigen Wohnblocks führten.

»Ist nur für kurze Zeit, sagte er, muss noch den Wagen zurückbringen, warte Moment.«

Er setzte sie am Platz vor den Häusern ab.

Sie sah sich von allen Passanten gemustert, fühlte sich total fremd inmitten dieser lebhaft palavernden Menge. Das sollte ihr neues Zuhause sein?

Arif beruhigte sie, morgen schon wäre alles anders.

Er stellte sie seiner Mutter vor und führte sie in das Zimmer, in dem sie zusammen sein und ihre erste gemeinsame Nacht verbringen würden.

Doch das, wonach sie sich zu Hause in vielen langen Nächten gesehnt hatte, machte ihr jetzt Angst. Sie fragte Arif nach ihren Sachen, nach dem Rucksack. Er wollte ihn im Wagen vergessen haben.

De Prins zog eine Zigarettenpackung aus der Seitentasche seiner Kapuzenjacke und bot Suse eine an. Sie schüttelte heftig den Kopf.

Er sprach beruhigend auf sie ein. Sie müsse keine Angst haben, niemand werde ihr hier etwas tun.

»Arif ist ein Bruder, ein Bruder im Herzen, mein Cousin. Wir sind eine Familie, wir sind füreinander da. Arif muss einige Zeit weg sein, ich pass auf dich auf. Das haben wir geschworen.«

»Das ist nicht wahr«, sagte sie leise, sehr leise.

De Prins hatte es gehört. Er umkreiste Suse, betrachtete sie ausgiebig.

Er blieb vor ihr stehen und sah auf sie herab.

Er rauchte und atmete schnaufend. Die Zigarette war in seiner riesigen Pranke kaum zu sehen.

»Du bleibst vorläufig hier. Schläfst hier, wir bringen dir Essen. Später reden wir über Arbeit. Was du tun kannst für uns, was das Beste ist.

DREIZEHN

Im Morgengrauen stoppte Bonnie den SUV an den Zapfsäulen der stillgelegten Tankstelle. Er stellte den Motor ab und schwang sich aus dem Wagen. Khasib hockte auf dem Beifahrersitz, hielt den Kopf tief gesenkt. Von Weitem war nur seine Wollmütze zu erkennen.

Bonnie klopfte auf den Kotflügel, okay, es geht los. Er sah sich kurz um und marschierte auf den Eingang zu. Bevor er ihn erreicht hatte, wurde die Tür geöffnet und zwei kräftig aussehende Jungs traten ins Freie.

Sie riefen »Hau ab! Verschwinde!« und gestikulierten drohend.

Bonnie tat, als kapiere er nicht.

»Arif, Arif!«, rief er und wies zum Wagen. »Ich bringe euch Arif! Euren Kumpel!«

»Arif?« Die beiden Jungs blieben stehen, wechselten einen Blick und schüttelten dann die Köpfe. »Nix Arif! Kein Arif! Verschwinde!«

Bonnie gab nicht auf.

Er lockte die beiden Jungs näher an sich heran, checkte sie ab. Beide Anfang zwanzig, aufgepumpte Muskeln, Krafttraining. Unbeholfene Bewegungen bei dem einem, der andere mit einem dumm-dämlichen Gesichtsausdruck, eine hinterhältige Ratte.

Bonnie konzentrierte sich auf die Ratte.

»Ich hab Arif! Du verstehst? Da – im Wagen!«

Die Jungs schrien lauter auf ihn ein.

Aus dem Kassenraum stürmte ein Koloss. Trotz seiner Körpermasse war er schnell auf den Beinen. Es wurde eng. Bonnie zögerte keine Sekunde.

Er stieß seine flach ausgestreckte Linke in den Kehlkopf der Ratte und wirbelte, noch bevor der Typ wie ein Brett zu Boden fiel, zu dem Muskelmann herum.

Khasib sprang aus dem Wagen, in jeder Hand eine Glock. Er warf Bonnie eine zu und richtete seine auf den Muskelmann, hielt ihn in Schach. Die Ratte rührte sich nicht mehr.

»De Prins«, rief Khasib.

De Prins schienen die Waffen nicht zu beeindrucken. Wie ein Rammbock stapfte er auf Bonnie zu.

Bonnie reagierte auch jetzt augenblicklich.

Aus kurzer Distanz schoss er de Prins ins Knie. Der Blackie-Boss knickte ein, brüllte vor Schmerz.

Bonnie brachte ihn mit einem Hieb in den Nacken zum Schweigen.

Er wollte sich gerade den Muskelmann vornehmen, als ein völlig aufgelöstes Mädchen aus dem Kassenraum gerannt kam, panisch nach »Arif! Arif!« schreiend.

Jutta rüttelte ihr Bärchen wach. Sie hielt das Handy ans Ohr, hatte es auf Zimmerlautstärke gestellt. Bärchen unterdrückte seine Frage.

»Ist mir das richtig übermittelt worden, ich schulde dir was?«, hörte er eine Männerstimme.

Jutta formte tonlos die Lippen: Schorsch. Sie hockte auf der Bettkante. Ihre Haare fielen offen über die nackten Schultern. Helle Haut, Sommersprossen.

Meine sexy Schöne. Bärchen richtete sich vorsichtig auf. Er küsste ihren Nacken.

»Komm vorbei«, sagte sie. »Aber lass mich nicht lange warten.«

»Dann sag was.«

Bärchen senkte sanft die Hand. Halt den Ball flach.

Jutta nickte.

»Nicht am Telefon«, sagte sie. »Was treibst du eigentlich die ganze Zeit in Amsterdam?«

»Schon vergessen?«

»Nein. Nur keine Ahnung, was du rausgefunden hast. Darüber würde ich zum Beispiel gerne was hören. – Genau.«

»Vor morgen schaff ich es nicht.«

»Gut«, sagte sie. Es sollte easy klingen, war aber eher ein bösartiges Schnappen. »Ruf vorher an.« Sie warf das Handy aufs Bett, drückte das Kreuz durch und rollte die Schultern. »Ich bin total verspannt.«

Bärchen seufzte.

»Aus unserem Wellnessweekend wird dann ja wohl nichts.«

»Ich zieh das jetzt durch. Du hast mich selbst auf die Idee gebracht.«

»Mit einigem Bedenken in Hinsicht auf die Wirksamkeit.« Er angelte nach seinem Pillendöschen und ließ sich von Jutta die Flasche Wasser reichen. »Du weißt es nur vom Hörensagen, alles andere ...«

»Immerhin aus erster Hand«, fiel sie ihm ins Wort. »Das reicht. – Ich will ja auch nur das Apartment.«

Bärchen lächelte. Er fasste ihr Kinn, sie musste ihm in die Augen sehen.

»Unterm Strich wirst du dich nicht damit zufrieden geben«, sagte er. »Ich kenne dich. In der Hinsicht schenken wir uns nichts.« Er verstärkte sein Lächeln und schlug die Bettdecke zurück. »Komm, sei lieb zu mir.«

Suse saß mit dem Rücken zum Fenster. Sie war in einen übergroßen, flauschigen Hotelbademantel gehüllt. Das Hotel lag direkt an der Prinsengracht, Bonnie hatte für eine Nacht die Juniorsuite belegt und bar gezahlt. Es war ein Tipp von Khasib: zentral gelegen, anonym, kurzer Weg von der Stadt auf die Autobahn.

Suse nippte an einer heißen Schokolade.

Bonnie und der erst kurz zuvor erschienene Schorsch saßen ihr gegenüber. Schorsch trug den Kopfverband nicht mehr, machte aber einen sichtlich angeschlagenen Eindruck. Seine Rippen schmerzten.

»Okay«, fuhr Bonnie jetzt fort. »Arif, Arif – egal was mit ihm ist, wenn du bleibst, werden dich die Jungs wieder greifen, und du landest in irgendeinem ihrer Clubs. Hast du eine Vorstellung, was dich da erwartet?«

»Ich gehöre zu Arif.«

»Wer hat dir das nur eingeredet?!«

»Ich liebe ihn.«

Bonnie wechselte einen Blick mit Schorsch.

Schorsch tat sich schwer. Er räusperte sich.

»Du hast das vielleicht nicht richtig verstanden, Susanna. Wir haben dich gesucht, weil du Kontakt mit meinem Bruder hattest. Mit Michael oder Mike. Michael Köster. Erinnerst du dich? Das ist noch nicht lange her.«

»Ja. – Jaja, der ... wir haben gesprochen, aber das ist ... Arif ist dahintergekommen und hat gesagt ...«

»Mir geht's um meinen Bruder. Er war im Auftrag deiner Mutter unterwegs –«

»Ich geh nicht zurück!«, unterbrach Suse vehement.

Bonnie schüttelte den Kopf, ging zur Minibar und nahm sich eine Cola.

Von draußen waren gedämpft die Lautsprecherstimmen der Grachtenguides zu hören, das Klingeln einer Straßenbahn. Alltagsleben.

Schorsch blieb ruhig. Er senkte die Stimme.

»Hast du ihm das gesagt? Dass du nicht nach Hause willst?«

»Ich kann nicht! – Ich lebe mit Arif.«

Schorsch sah ihr in die Augen, große Kinderaugen, graublau, in einem ovalen, blassen Gesicht mit stark ausgeprägten Lippen.

Sie war hübsch. Ein hübsches, junges Mädchen.

Aber auch ziemlich naiv, dachte Schorsch.

Arif, Arif, Arif!

Bonnie trank seine Cola und ging damit zum anderen Fenster, sah hinaus. Für ihn war Ende. Ende, aus und abgekackt, hörte Schorsch ihn in seinem Kopf sagen.

Er versuchte, sich Arif neben dem Mädchen vorzustellen, das junge Paar.

Es gelang ihm nicht. Arif blieb eine dunkle Gestalt. Ein durch seinen Tritt getöteter Junge.

Ihre Liebe, ihre große Liebe.

Schorsch bekam einen engen Hals.

»Ich hab ihm alles aufs Handy gesprochen«, sagte Suse jetzt. »Ihrem Bruder. Und auch Ma auf die Mailbox ihres Handys. Damit sie Bescheid weiß. Aber das geht ja voll an ihr vorbei.«

MÄRZ 1973 Von uns gegangen ist die liebe Frau und Mutter, wir bleiben zurück in tiefer Trauer.

Die Köpfe gesenkt, standen sie am offenen Grab, der Vater hielt in der rechten Michaels Hand, mit der linken hielt er ihn, den Zehnjährigen, in dem neuen, dunkelblauen Anzug, die Krawatte hatte er ihm gebunden.

Mama Tilde verbarg ihr Gesicht in einem großen weißen Tuch, es wurde klatschnass.

Vaters Frau, ihre liebevolle Mutter, war tot, wurde unter die Erde gebracht. Asche zu Asche, Staub zu Staub.

Er saß neben Mama Tilde an der Kaffeetafel im Parkstübchen, der Vater ließ nach dem Streuselkuchen Schnaps servieren. Er drohte. Wollte die Stadt verklagen. Die über Nacht vereisten Straßen waren nicht gestreut worden. Die Mama war in der Früh mit ihrem Cabrio ins Schleudern gekommen und tödlich verunglückt, die gute, treue Seele. Eine ebenso hübsche wie elegante Frau.

Abends kam der Vater in ihr Zimmer.

Setzte sich zu ihnen ans Bett.

»Wir sind jetzt auf uns allein gestellt«, sagte er. »Wir drei Männer.«

Mama Tilde wurde nicht erwähnt. Der Vater sprach von der schweren Zeit, die nun vor ihnen liege, und er versprach, immer für sie da zu sein, bei allen Fragen, bei allen Problemen.

Er tätschelte Michael, er tätschelte ihn.

Sein Atem roch nach Alkohol.

»Und noch eins verspreche ich euch hoch und heilig. Eine neue Mutter werde ich euch nicht zumuten, eine neue Frau kommt uns nicht ins Haus, nie und nimmer, so wahr ich Ernst-Otto Köster heiße.« Er legte die Hand auf die Brust. »Das schwöre ich.«

Er schwor es am Abend der Bestattung.

Sie würden es nie vergessen. Nicht den Tod der geliebten Mutter, nicht den Schwur des Vaters.

Mit Uwe war er am liebsten zusammen, nicht nur im Dienst. Mit Uwe ging er auf Pirsch, mit Uwe konnte er feiern und auf Sauftour gehen, mit Uwe konnte er auch schweigen. Und so saßen sie auf der Veranda der Jagdhütte, schweigend und an ihren Zigaretten saugend.

Die schon dürren Blätter des Waldes raschelten im Wind, irgendwo knackte ein Ast und fiel zu Boden. In der Ferne tuckerten Traktoren über das Land.

Uwe drückte seine Zigarette aus.

»Grill?«, fragte er.

Klaus stand von der Bank auf, trat ans Geländer und schlug kurz drauf.

»Ich hab 'n scheiß Gefühl«, sagte er. Mehr nicht.

Uwe fragte nicht nach, wartete.

»Ein scheiß Gefühl«, wiederholte Klaus. »Die Alte geht mir von der Fahne.«

»Martina?«

»Wer sonst, Uwe? Wer sonst?« Er wandte sich seinem Kumpel zu, dem harten Hecht, Triathlon-Teilnehmer, locker liiert mit einer aus Dresden stammenden Serviererin. Glücklich mit ihr, eine heiße Braut. »Ich hab nur noch Stress mit der Frau.«

»'n Neuer?«

»Mhm«, machte Klaus. »Nicht so direkt. Aber jemand, der uns Ärger machen könnte. Wieder einmal. Du weißt, was ich meine.«

Uwe kniff die Augen zusammen.

»Hör ich gar nicht gern«, sagte er.

»Glaubst du, mir macht's Spaß, an so was zu denken. Muss ich aber, Uwe, muss ich. Das sitzt hier, hier sitzt das, hier drin!« Er tippte sich an die Stirn.

»Ich hol uns 'n Schluck«, sagte Uwe, stand auf und ging in die Hütte. Er kam mit einer Flasche und zwei kleinen Gläsern zurück, schenkte ein und reichte Klaus eins.

Klaus nickte dankend.

Sie putzten den Schnaps weg, und Uwe goss nach.

Nach dem dritten Glas setzte Klaus neu an.

»Ich fahr vorzeitig zurück. Ich hab ihr gesagt, Sonntag zur Sportschau. Morgen rechnet sie noch nicht mit mir.«

»Bin dabei«, sagte Uwe.

»Musst du nicht, ist ja nur dieses scheiß Gefühl, dass sich da was zusammenbraut.«

»Eben drum. – Jetzt was auf'n Grill?«

Schorsch nahm nach dem Frühstück noch zwei Aspirin, bevor er zur Rezeption des Prins Hendrik Hotels ging und mit dem von Bonnie mitgebrachten Bargeld seine Rechnung beglich. Er fragte nach dem jungen Kollegen mit der verwegenen Haartolle, um sich bei ihm für seine Hinweise zu bedanken. Er musste hören, dass der Mann heute Spätschicht hatte. Bedauerndes Achselzucken.

»Dann schauen Sie bitte mal nach, wann mein Bruder letztens genau ausgecheckt hat – Michael Köster.«

Er bekam die Auskunft, dankte und verabschiedete sich. Allmählich setzte sich das Bild zusammen.

Khasib wartete schon mit dem Saab vor der Tür.

Es war früher Vormittag, aus den Toren des Centraal strömten Touristen und Menschen aus den Vororten auf den Platz, zogen los, um zu flanieren und zu shoppen. Der Himmel war klar, es würde ein schöner Septembertag werden.

Khasib schwang sich aus dem Wagen und öffnete Schorsch die Beifahrertür. Schorsch musste lächeln.

Sein Mitarbeiter trug unter einer knapp sitzenden und offenbar neuen Lederjacke einen grobmaschigen Pullover, an den Knien aufgeschlitzte Jeans und eine Baseballkappe mit einem aufgestickten Hanfblatt.

»Okay«, sagte Schorsch. »Danke. Wird 'ne längere Tour, wir haben genug Zeit, uns besser kennenzulernen.«

»Ja, Chef«, sagte Khasib mit knapper Verbeugung. »Danke.« Er wartete, bis Schorsch sich angeschnallt hatte, und setzte sich dann wieder ans Steuer. »Bonnie sagt, wenn Sie Schmerzen haben, bitte Bescheid sagen.«

»Ist er schon los?«

»Will das Mädchen ausschlafen lassen. Vielleicht noch was besorgen.«

Schorsch ging nicht darauf ein.

»Ich will nur hoffen, dass es bei unserer Absprache bleibt.«

»Dass sie zur Mutter geht?«

»Wenn klar ist, wie die Situation da ist. Dass sie nichts befürchten muss. Okay, das werde ich vorher klären. Sonst bleibt sie bei uns.«

Khasib fragte nicht weiter nach. Musste er nicht. Chef würde alles richtig machen. War klug und war ein guter Chef, hatte ihm Arbeit gegeben, obwohl er keine Aufenthaltsgenehmigung hatte. Hatte ihn erst einmal versteckt, bis Bonnie seine alten Kontakte aktiviert hatte.

Khasib lenkte den Saab sicher durch den Stadtverkehr.

Als sie die Autobahn erreichten, fragte er, ob er Musik anmachen dürfe.

Schorsch nickte und hörte zu seiner großen Überraschung ein rasantes Bass-&-Drum-Intro und eine Trompete ...

»Ist Chet Baker«, sagte Khasib. »Muss man gehört haben.«

Bonnie verfolgte geduldig, wie Suse Schlagsahne auf ihren Pancake häufte und sich darüber hermachte. Schien viel nachzuholen zu haben, die Kleine. Das Frühstücksbüfett ließ keine Wünsche offen, kostete allerdings auch achtunddreißig Euro pro Person.

»Trinkst du immer nur Milch?«, fragte Bonnie.

»Meistens«, sagte Suse. »Aber auch oft Tee, in letzter Zeit ...« Sie brach ab, senkte den Kopf und brauchte einen Moment, bevor sie weiterredete. »Arifs Mutter kocht guten Tee, mit frischer Minze. Ich konnte haben, was ich wollte. – Glauben Sie, dass ihr wirklich nichts passiert?«

»Von der Gang? Ihr? – Nein, warum denn?«

»Wenn Arif sich nicht mehr mit ihnen einlässt, mit dem Prinz und denen.«

»Kann ich nicht sagen«, sagte Bonnie. »Du weißt ja selbst nicht, welche Rolle dein Arif bei den Jungs gespielt hat.«

»Sie sind Freunde.«

Bonnie machte eine unentschiedene Geste.

»Steckt man nicht drin«, sagte er. »Du wirst es hören, wenn dein Freund sich bei dir meldet.«

»Das tut er«, sagte Suse. »Und dann ...«

»Okay. Willst du noch was vom Büfett?« Er checkte den Jugendstilraum nach eventuellen Ausgängen. Nicht dass sie ihm noch entwischte. Doch es gab nur den Zugang von der Rezeption aus. Er stand auf. »Ich zahl dann schon mal. Aber fühl dich nicht gedrängt.«

Suse sah zu ihm hoch.

»Sie sagen mir nicht alles. Das finde ich nicht richtig. Ich möchte Ihnen gern vertrauen.«

Schorsch ließ Khasib die erste Raststätte nach der Grenze ansteuern. Sie parkten gleich neben dem Eingang.

Khasib zog seine Kiff-Kappe unter dem Sitz hervor und setzte sie wieder auf. An der Theke entschied er sich für Tomatensuppe, Käsebrötchen und Wasser. Schorsch nahm nur einen Kaffee. Er zahlte, und Khasib trug das Tablett zu einem der Fenstertische.

Nur zwei weitere Tische waren besetzt. Ein junges Paar mit einem circa Dreijährigen, der erfreulicherweise nicht herumkrähte, und ein einzelner Mann mit einem tief in die Stirn gezogenen Stetson.

Schorsch wählte die von Bonnie ermittelte Nummer des Supermarkts in Recklinghausen und ließ sich mit Martina Campmann verbinden.

»Ich rufe zurück«, sagte Martina.

Khasib löffelte seine Suppe, Schorsch wartete.

Aus den Lautsprechern kam jetzt Musik, ein alter Udo-Jürgens-Hit, »Merci, Chéri« ... Es dauerte länger als erwartet, bis Martina sich meldete.

»Ich musste an der Kasse aushelfen, Entschuldigung.«

»Ich bin unterwegs.«

»Haben Sie ...?«

»Es gibt einiges zu bereden. – Sie haben mir letztens gesagt, dass mein Bruder einen Hinweis auf Suse hatte und Sie dann noch einmal anrufen wollte. Sie haben aber nie mehr von ihm gehört.«

»Nein. – Was ist denn jetzt?«

»Wo können wir uns treffen?«

»Ich hab um achtzehn Uhr Feierabend. Vor neunzehn Uhr ... doch, das passt. Kommen Sie zu mir. Klaus ist ... übers Wochenende nicht zu Hause. – Also ich meine, nicht im Haus.«

»Bestimmt nicht?«

»Er ist mit seinen Freunden in der Jagdhütte, tief im Münsterland.«

»Aber sonst ist er bei Ihnen?«, fragte Schorsch. »Auch in den Tagen nach dem Anruf meines Bruders?«

»Ja, ich glaube ... ja, er ist eigentlich immer da. Je nach Schicht. Warum fragen Sie?«

»Wir sehen uns – nach sieben, okay?«

Er wartete ihre Bestätigung nicht ab, wählte Bonnie an.

»Wir können uns Zeit lassen«, sagte er zu Khasib. »Übers Land fahren. Runter von der Autobahn.«

Bonnie meldete sich.

Martina hatte ihr Handy noch in der Hand, als sie sich umdrehte und beinahe mit Blömke zusammenstieß. Er entschuldigte sich.

»Ich wollte dich nicht belauschen«, sagte er. »Alles in Ordnung bei dir?«

»Ja. Jaja«, sagte sie zerstreut. Sie war in Gedanken noch bei dem, was sie soeben gehört hatte.

Blömke bot ihr eine Zigarette an. Sie nahm an, er gab ihr Feuer und sich auch. Sie standen auf der Rampe, ein Lieferwagen fuhr vom Hof. Tiefkühlkost. Der Himmel war grau, einfach nur grau. Alltag im Revier.

Sie rauchten.

»Ich schätze dich sehr«, sagte Blömke unvermittelt. »Deine Arbeit und ... und überhaupt.«

Er lächelte ein zaghaftes Lächeln.

»Ich geb mir Mühe«, sagte Martina.

Blömke nickte, nickte noch einmal, paffte und sah dem Rauch nach.

»Wir haben das ganz gut hingekriegt nach unserem ... du weißt schon.«

»Es gab nichts, was ich dir hätte vorwerfen können.«

»Na ja«, sagte er. »Du hast es jedenfalls nicht rumerzählt.« Er sah sie an. »Ich glaube, ich habe letztes Wochenende einen der Männer wiedererkannt, die mich damals krankenhausreif geschlagen haben.«

»Du bist zusammengeschlagen worden? Du hast gesagt ...«

»Ein Unfall, ja. Ich wollte nicht damit raus, weil ... ich lag schon am Boden, da hat einer von ihnen mir noch zugezischt: Lass die Finger von ihr, das war nur ein Vorgeschmack.«

»Das ist ja ... mein Gott! Du sollst die Finger von mir lassen! Die haben dir gedroht?!«

»Kennst du einen Uwe Kahrs?«

»Kahrs ... nein ...«

»Er ist letztes Wochenende Dritter beim Volks Cross in Haltern geworden. Ich war zum Kaffee bei der Oma und hab die Siegerehrung mitbekommen.«

Bonnie konnte es gut aushalten, wenn geschwiegen wurde. Wer viel redet, stirbt zuerst. Oder steht zumindest ganz oben auf der Liste. Er warf einen kurzen Blick auf Suse, die in ihrem Gurt hing und auf die vorbeiziehende Landschaft schaute, vermutlich ihren Gedanken nachhing. Der Wagen schnurrte nur so dahin, und Bonnie begann wieder, aus den Kennzeichen der ihn überholenden Fahrzeuge ein Paar, Drillinge, Straße oder auch Full House herauszulesen. Nach eigenen Regeln. Poker für Gehirnakrobaten.

Er hielt die rechte Fahrspur, bei gleichbleibendem Tempo.

»Haben Sie jemanden zu Hause?«, fragte Suse plötzlich.

Bonnie schnallte nicht gleich, was sie meinte.

»Eine Freundin, eine Frau«, ergänzte Suse.

»Wir fahren nicht zu mir.«

»Das haben Sie schon gesagt. Aber wie leben Sie?«

»Gut«, sagte Bonnie. »Guter Job, gute Kollegen und ... ja, auch so was wie 'ne Freundin.«

»Keine richtige?«

»Ich hab sie nicht ständig um mich. Muss auch nicht sein.«

Suse schob ihre Unterlippe vor, verstummte für einige Zeit. In ihr arbeitete es offenbar.

»Meine ... meine Mutter konnte nicht allein sein. Wenn sie wenigstens lieb zu mir gewesen wäre ...«

»Okay«, unterbrach Bonnie. »Das haben wir kapiert. Die ganze Kacke, die dir passiert ist. Kann sein, dass sich jetzt ein Schlussstrich ziehen lässt.«

»Ich möchte am liebsten schon wieder zurück.«

»Denk ich mir«, sagte Bonnie und versuchte, sich nicht anmerken zu lassen, wie sehr ihn das hier nervte. Zurück, ja, zu was und wem denn, verdammt noch mal!

Doch irgendwie tat sie ihm auch leid.

VIERZEHN

Schorsch spülte seine dritte Ration Aspirin mit dem Wodka Tonic runter, den Martina gemixt hatte. Es war genau die richtige Mischung, perfekt. Martina hob fragend die Augenbrauen.

Schorsch winkte ab.

»Nichts weiter«, sagte er und fuhr fort. »Ihre Tochter hat sich bei Ihnen gemeldet, und auch mein Bruder hat Ihnen auf die Mailbox gesprochen. Er hat Ihnen angekündigt, wann er hier sein wird – am nächsten Tag, am Montag. Am Montagabend, denke ich, weil er relativ spät in seinem Hotel ausgecheckt hat. Und wenn Sie die Nachricht nicht abgehört haben, dann hat sie jemand gelöscht.«

»Sie meinen ... das war Klaus?«

»Wer sonst?«

Martina nickte nachdenklich. Sie rieb sich die Stirn. Sie hatte ihr Make-up aufgefrischt, sah blendend aus in ihrer hellen Bluse und den Jeans. Von einem hinter ihr liegenden harten Arbeitstag keine Spur.

Schorsch senkte den Blick.

Er zog das von Bonnie mitgebrachte iPhone aus der Tasche und legte es vor ihr auf den Couchtisch, schaltete es kommentarlos ein.

»Hallo Ma«, war Suse zu hören. Martina schlug reflexartig die Hände an den Mund, ihre Augen weiteten sich. »Ich hab gehofft, dass du schon Bescheid weißt, aber ich hab dann nichts von dir gehört. Es war ein

Gruß, wie das hier, und ich habe erzählt, wie es mir ergangen ist nach ... nach Papas Tod. – Als Klaus zu uns ins Haus kam und sich um dich gekümmert hat, war ich erst sehr froh. Ich hab es ja selbst so gewollt. Er war lieb zu dir, ihr habt viel gelacht, und du hast mich voll in Ruhe gelassen ...«

»Ja, ja ...«

»Ich hab Klaus ja auch richtig gern gehabt, du weißt gar nicht, wie oft wir nachmittags allein waren und nur so rumgealbert haben. Er war wie Papa zu mir, ich konnte dir das aber nicht sagen, weil ich weiß, du hast Papa überhaupt nicht mehr lieb gehabt.«

Martina nahm die Hände wieder runter, schüttelte den Kopf, sagte aber nichts. Sie nahm sich eine Zigarette. Schorsch trank einen Schluck.

»Mit Klaus ...« Suses Stimme stockte. »Klaus ... er hat mich dann auch geküsst, ich fand das eigentlich nicht weiter schlimm, wenn er nicht ... wenn er mich dann nicht so angefasst hätte und ...«

»Nein! Nein!« Martina griff blitzschnell nach dem Gerät, fand gleich den richtigen Knopf. »Das will ich nicht hören.«

»Suse wirft Ihnen vor, weggesehen zu haben.«

»Weggesehen? Wie denn? Wie kommt sie dazu? Wie kann ich denn wegsehen, wenn ich gar nicht da bin?! Ich hab gearbeitet! Mein Gott, ich habe ... ich habe nichts davon gewusst. Warum hat sie denn nichts gesagt?«

Schorsch nahm ihr das iPhone wieder ab.

Sie waren schon seit dem frühen Nachmittag in Michaels Kölner Apartment, geile Hütte, fand Bonnie, gefiel ihm. Er nahm sich vor, mit Schorsch darüber zu reden. In Köln war er geboren, er konnte sich gut vorstellen, hier seinen Alterssitz zu haben. War zwar noch 'ne Zeit hin, aber er hatte längst schon begriffen, dass eine Vorsorge nicht verkehrt war.

Bonnie hatte sich entspannt, sich ans auf Kipp geöffnete Fenster gesetzt, geraucht und in einem von Michaels Büchern geblättert. Heilkräuter, Wüstenvisionen.

Suse hatte sich auf der Schlafcouch unter die Decke gekuschelt und mit offenen Augen vor sich hin gedöst.

Ein-, zweimal hatte sie geschluchzt. Bonnie hatte bewusst nicht darauf reagiert. Jetzt setzte sie sich auf, machte sich ihm bemerkbar.

»Wie lange müssen wir noch warten?«

»Bis zum Anruf. Wie abgesprochen.«

Sie nickte. Sie brauchte einen Moment.

»Ich hab Angst«, sagte sie dann. Sie sagte es nicht weinerlich, sondern mit klarer Stimme.

»Dir wird nichts passieren.«

»Ich hab Angst vor ... vor später. Was dann ist.«

Bonnie sah aus dem Fenster, zum Park hin. Ideale Wohnlage, registrierte er erneut. Südstadt, Altbau, Hochparterre. Kleine Geschäfte und auch ein Supermarkt in der Nähe. Hunde wurden ausgeführt, Paare mit Kinderwagen waren auf dem Heimweg. Es dämmerte, es würde bald dunkel sein.

»Später«, sagte er. »Das wird sich klären. Keine Ahnung, wie das mit deiner Schule ist, und wenn du, egal wie's ausgeht, nicht bei deiner Mutter bleiben willst oder kannst, wird sich irgend 'ne Behörde um dich kümmern. Es gibt auch die Option Hamburg.« Er drehte sich zu ihr um, glaubte zu wissen, was sie sagen würde, kam ihr zuvor. »Auf Arif solltest du dich jedenfalls nicht verlassen«, sagte er. »Der kann vielleicht gar nicht mehr für dich da sein. Du musst ihn ja nicht ganz vergessen.«

»Sie glauben ...?«

»Ja«, sagte Bonnie. »Exakt das.«

»... dann hat er mich überrascht, als ich mit Arif gechattet hab, da wurde er echt gemein. Arif ist Marokkaner, und Klaus hat gesagt, das sind alles Verbrecher. Ich soll mich nur ja nicht mit so einem einlassen, nicht mal in Gedanken, den würde er totschlagen. Der einzig Richtige für mich, das sei er, weil er ... weil er ... ich kann das nicht sagen, bitte ...«

»Mein Gott«, hauchte Martina. Sie hatte die Hände an die Schläfen gelegt, saß mit aneinandergepressten Knien da. »... er hat verlangt, dass ich nach der Schule immer zu Hause bin, wenn er auch da ist, sonst sagt er dir, Ma, dass ich es ... dass ich es mit ihm mache ...«

»Stellen Sie das ab«, bat Martina. »Bitte.«

Schorsch drückte den Knopf.

»Sie ist zu Arif nach Amsterdam geflohen«, sagte er. »Hals über Kopf, ohne groß darüber nachzudenken. Klaus wusste das. Es wäre leicht gewesen, Ihre Tochter aufzuspüren. Das war es ja auch für meinen Bruder. Aber das sollte wohl nicht sein.«

Khasib duckte sich unter das Lenkrad, die Scheinwerfer erfassten ihn nicht. Der Wagen fuhr langsam an dem Saab vorbei. Khasib rührte sich nicht.

Erst als er hörte, dass der Motor ausgeschaltet wurde, riskierte er einen Blick.

Der Wagen parkte knapp zehn Meter vor ihm. Minutenlang passierte nichts. Dann stieg der Fahrer aus, ein schlanker Typ, mittelgroß, dunkel gekleidet.

Er sah zu dem Haus, in das Schorsch gegangen war. Zu dieser Frau, der Mutter.

Auf der Beifahrerseite hievte sich ein zweiter Mann aus dem Wagen. Er war von ähnlicher Statur, schien aber beweglicher zu sein.

Die beiden wechselten ein paar Worte.

Der Fahrer ging zur Haustür.

Der Beifahrer schlich unter den schwach erleuchteten Fenstern vorbei.

Khasib machte sich bereit.

Schorsch rückte zu Martina, legte ihr die Hand auf die Schulter, drückte sie leicht.

»Ich habe Ihre Tochter überzeugen können, Anzeige zu erstatten. Das war nicht einfach. Sie kommt auch zu Ihnen zurück, wenn sie sicher sein kann, dass Klaus hier nicht mehr auftaucht. Wenn Sie sich von ihm trennen und zu ihr stehen.«

Sie wandte sich zu ihm, ihre Augen schimmerten feucht.

An der Haustür klingelte es.

»Sie glauben, dass ihm ernsthaft was passiert ist? Dass er ... dass er nicht mehr lebt? Sagen Sie es, sagen Sie mir, was Sie wissen.«

Sie stand vor ihm, fordernd, mit einer ganz neuen Entschiedenheit.

Bonnie schwankte.

Er wollte nicht lügen. Er konnte ihr nicht alles sagen.

Nicht das mit Schorsch.

»Ich glaube, dass er sich nicht mehr melden kann. Auf der Suche nach dir haben wir gehört, dass ein junger

Mann in einem Redlight Club umgekommen ist. Ein Gangmitglied.«

Martina öffnete die Tür. Es erwischte sie eiskalt. Sie war starr vor Schreck. Vor ihr stand Klaus. Er lächelte. Er hob entschuldigend die Schultern.

»Hab den Schlüssel vergessen, tut mir leid, meine Liebe. Es sollte eine Überraschung sein.«

Er umarmte sie, sah an ihr vorbei in den Wohnraum, sah Schorsch.

Er ließ sie los, schob sie beiseite.

»Also doch! – Tina, Tina, Tina, du enttäuschst mich schon wieder. Hinter meinem Rücken ...«

»Sie wissen, wer ich bin«, sagte Schorsch.

»Klar, klar weiß ich das. Noch so jemand, der seine Nase in Dinge steckt, die ihn nichts angehen.«

»Er hat Suse ...«

Klaus schnellte herum, zielte mit dem Finger auf Martina.

»Du hältst die Klappe!«

»Suse ist zurück!«

»Ich sagte, Schnauze!«, blaffte Klaus sie an.

Schorsch fasste ihn am Arm.

Khasib huschte leichtfüßig und lautlos an der Hecke des Hauses entlang, spähte darüber hinweg und entdeckte den Mann. Er kauerte im Dunkeln neben der breiten Terrassentür. Die Vorhänge waren zugezogen, nur durch einen Spalt fiel ein Streifen Licht.

Bonnie sah auf die Uhr.

»Wir fahren«, entschied er. »Das dauert mir zu lange. Wir sind ja erreichbar.«

Suse reagierte nicht. Sie kauerte wieder auf der Couch, starrte ins Leere, das Gesicht ausdruckslos.

Bonnie beugte sich zu ihr, fasste sie am Arm.

Sie zuckte zusammen, sie schrie.

Sie schrie, sie schrie!

Sie schrie!

Blitzschnell holte Klaus aus und knallte Schorsch seine Rechte unter die Rippen. Schorsch krümmte sich, keuchte vor Schmerz, seine Augen tränten. Nur mit Mühe hielt er sich auf den Beinen.

»Ja, was denn, was denn, was denn?! Den dicken Maxe machen? Den Klugscheißer?! Dann lass sie doch kommen, die arme Suse! Ich kann mir schon denken, was sie zu erzählen hat! Pubertäre Fantasien …!«

»Du hast … ihre Nachricht gehört«, brachte Schorsch hervor.

»Ja, und? Gehst du mir deshalb an die Wäsche?!« Er lachte. Er lachte Schorsch aus, und lachend zeigte er Martina den Vogel. »Bescheuert! Ihr seid doch alle total bescheuert!«

»Was ist mit meinem Bruder?«

Klaus verstummte. Er sah Schorsch aus zusammengekniffenen Augen an.

»Was fragst du mich? Ist er nicht tot? Auf einem Rastplatz erschlagen worden?«

Schorsch sah zu Martina.

Sie hob abwehrend die Hände.

»Das … das hat er nicht von mir! Von mir nicht! Ich hab ihm nichts davon erzählt …«

Schorsch straffte sich, presste die Hand auf die Rippen.

»Woher weißt du es dann? Woher weißt du von dem Parkplatz? Warst du das? Sag es, sag es mir! Sonst …«

»Arschloch!« Klaus schüttelte den Kopf. Er ging zur Terrassentür, zog den Vorhang beiseite, drückte die Klinke herunter.

»Ich bin Polizist«, sagte er. »Ich sehe mich gezwungen, meine Pflicht zu tun …«

Khasib sah, dass der Mann sich aufrichtete und unter seiner Jacke nach hinten griff. Er trat in das jetzt volle Licht, brachte eine Pistole in Anschlag, beidhändig, stieß die Terrassentür auf …

»Uwe, wir haben hier wieder mal eine Person, die sich gewaltsam Einlass ins Haus verschafft hat …«

»Uwe …?!«

Uwe stand im Türrahmen, hatte Schorsch im Blick, verzog verächtlich das Gesicht. Martina sah von ihm zu Klaus.

»Uwe Kahrs? Ist das etwa Uwe Kahrs, dieser Athlet? Dein Kollege?!«

»Ja – ja, und?« Klaus stieß sie von sich weg. »Was soll das?«

Uwe kam ins Zimmer, dirigierte Schorsch mit der Waffe zur Seite.

Er wandte sich Klaus zu – und stolperte, knickte wie vom Blitz getroffen ein.

Ein Schuss löste sich.

Martina klammerte sich an Schorsch, presste ihr Gesicht an seine Schulter.

Schorsch sah, dass Klaus am Boden lag, das Gesicht blutig. Blut aus einer Kopfwunde.

Uwe krümmte sich. Die Pistole war ihm aus der Hand gefallen.

In seinem Bein steckte ein Messer.

Schorsch blickte zur Terrassentür, sah Khasib und reagierte blitzschnell.

Er machte sich von Martina frei, zog Uwe das Messer heraus, warf es Khasib zu und signalisierte ihm, schnell zu verschwinden.

Dann hob er die Pistole auf.

FÜNFZEHN

Klaus war nicht mehr zu helfen. Es hatte ihn erwischt. Sein Körper hatte nur noch mal kurz gezuckt, dann war es aus.

Martina warf Uwe ein Handtuch zu. Er saß auf dem Boden, fing es auf und knotete es um sein Bein, hatte offenbar nur eine Fleischwunde. Jammerte jedenfalls nicht nach einem Arzt oder Krankenwagen.

Martina hatte Tränen in den Augen, Tränen der Wut.

Schorsch hockte auf der Kante der Eckcouch, die Pistole in der Rechten.

»Du steckst in der Scheiße«, sagte er zu Uwe. »Ein toter Kollege, erledigt mit deiner Waffe. Das sieht nicht gut aus. Aber bevor irgendjemand alarmiert wird, will ich alles über meinen Bruder hören. Was genau ist mit ihm passiert?!«

»Leck mich!«

Martina schlug ihm ins Gesicht, Uwe plumpste wieder auf den Arsch, fluchte. Schorsch sprang auf, konnte aber nicht verhindern, dass sie ihn auch noch in die Seite trat.

»Für meinen Chef! Für Blömke, ihr Schweine!«

»Martina ...!«

»Dieser Dreckskerl ...«

Uwe giftete sie an.

»Klaus«, sagte er. »Klaus konnte einfach nicht mitansehen, wie du dich den Typen an den Hals wirfst.« Er zeigte auf Schorsch. »Dein Bruder … ja, dein Bruder war doch auch nur geil auf sie.«

Schorsch musste Martina zurückhalten.

»Und? Habt ihr ihn mit ihr überrascht?«

»Ich hab ihm nichts getan – nee. Nee, nee. Klaus hat … er wollte ihn zur Rede stellen und dabei … dabei ist er gestürzt, ja, auf den Kopf geknallt, Scheiße! Ich bin erst dann dazu und … ja, wir haben ihn weggeschafft, weit weg von hier. War doch 'n Unfall, aber wer glaubt 'nem Bullen das schon.«

»Ich nicht«, sagte Schorsch. »Ich nicht.«

Er trat an ihn heran und versetzte ihm mit dem Pistolenknauf einen kräftigen Schlag in den Nacken. Uwe sank in sich zusammen.

Martina schaute Schorsch verblüfft an.

Eine lange Nacht lag hinter ihnen, als sie Köln erreichten. Je näher sie der Innenstadt kamen, desto stockender wurde der Verkehr. Schorsch dirigierte Bonnie zu dem kleinen Café, in dem er vor nicht allzu langer Zeit Michaels Papiere durchgeblättert hatte. Die Bedienung erkannte ihn wieder, wartete lächelnd auf seine Bestellung. Schorsch empfahl Bonnie die Eier mit Bacon. Bonnie bat um eine doppelte Portion, den Bacon stark angebraten und, wenn möglich, eine dicke Scheibe Blutwurst dazu.

Es war möglich.

Bei den ersten Schlucken Kaffee ging Schorsch noch einmal alles durch. Was passiert war, was die Folge war. Bonnie hörte geduldig zu.

»Vergiss es«, sagte er schließlich. »Wenn der Bulle nach seinem Tiefschlaf in der Jagdhütte zu sich kommt, hat er die Knarre in der Hand und einen toten Kollegen vor sich auf dem Boden. Erschossen mit seiner Waffe.

Wie soll er das wem erklären? Wer sollte ihm glauben, dass wir die beiden dahin gebracht haben?«

»Es hängt an Martina.«

»Ich find, sie ist 'ne toughe Lady. Wenn sie gefragt wird, gibt es nur eine Version: Wir haben die Tochter bei ihr abgeliefert, große Wiedersehensfreude und Gequatsche bis zehn, elf Uhr mit ein paar Drinks. Von irgendwelchen Beamten, Klaus oder Uwe, war im Haus nichts zu sehen oder zu hören – Nee, Schorsch, da kommt nichts nach.«

»Na ja, große Freude ...«

»Der Bulle geht der Kleinen jedenfalls nicht mehr an die Wäsche. Aus, Ende, abgekackt, das Schwein.«

Die Bedienung servierte Eier und Toast.

»Und Khasib ist völlig außen vor«, ergänzte Bonnie noch. »Er müsste schon längst in Hamburg sein, wird sich bestimmt bald melden.«

Schorsch seufzte.

»Okay«, sagte er. »Okay, hoffen wir das Beste. Aber du kannst sagen, was du willst. Ich fühl mich trotzdem scheiße – der Junge, die Polizisten, für was, Bonnie? Für was das alles? Allein für Mike, für meinen Bruder? Mein Gott!«

Er lachte ein bitteres Lachen.

AUGUST 2013 Die letzten Gäste waren gegangen, Bonnie hatte die Kasse gemacht und sich ebenfalls verabschiedet. Es war zwei Uhr nachts, es war eine äußerst milde Nacht, eine Nacht, in der man nicht schlafen sollte.

Er trank noch einen Espresso, als an der Eingangstür seines Restaurants kräftig geklopft wurde. Unwillig ging er hin und öffnete.

Mike griente ihn an. Mike, braun gebrannt, enge Jeans und Polohemd, locker lässig.

»Happy Birthday, happy Birthday to you! Mach auf die Tür und lass dich umarmen, Bruderherz!«

»Mein Geburtstag war Dienstag.«

»He, die paar Tage. Da kann man noch drauf trinken.«

Mike drückte ihn an sich. Ihm war es unangenehm.

Sie gingen zu einem der Tische vor dem Tresen. Er wählte einen Rotwein aus, öffnete ihn und schenkte ein.

»Fünfzig«, sagte Mike. »Wer hätte das gedacht, bei all unseren Sünden. Ich war ja letztes Jahr schon so weit, hab den Tag mit mir allein verbracht. War gar nicht mal so schlecht, Schorschi, wirklich nicht. Was gab's bei dir?«

»Nur ein paar Freunde.«

Mike hob das Glas.

»Gratuliere«, sagte er. »Eine Frau dabei?«

Er musste tief durchatmen, auch erst einen Schluck nehmen. Es war ein großer.

»Thema?«, fragte er.

Mike ließ sich einen Moment Zeit. Er angelte sich eine Zigarette.

»Ich hab mir 'ne Menge versaut«, begann er. »Beziehungsmäßig ... da bin ich beschädigt. Oder unfähig, wenn du so willst. Ich hab zwar hin und wieder ein Mädel im Bett, aber was Festes ...« Er schnaubte bitter. »Dabei wär ich einmal beinahe Vater geworden.«

»Das wollte ich nie.«

»Hättest du aber auch sein können, Schorschi. Hundertpro.«

»Bestimmt nicht.«

»Jutta«, sagte Mike.

»Was? Was ist mit Jutta?«

»Sie kam vor meinem Abi damit an. Dass sie schwanger sei ...«

»Nee – nie und nimmer, bestimmt nicht von mir.«

»Zu der Zeit hast du aber heftig mit ihr rumgemacht.«

»Wenn's so ausgesehen hat – okay. Aber in Wirklichkeit ... sie hat mich immer nur beschissen.«

»Ich seh sie gelegentlich.«

»Wenn's dich glücklich macht.«

»Hin und wieder schon.«

Er füllte die Gläser erneut. Sie tranken beide zu schnell.

»Und sonst?«

»Wie gesagt, ich bin viel mit mir beschäftigt. Fragen, viele Fragen. Wer bin ich? Was macht mich aus? Wo will ich hin? Klingt banal, aber ...«

»Viel Vergnügen.«

»Fragst du dich das nie?«

»Nein, Mike, nein! Das tu ich verdammt noch mal nicht! Ich hab genug damit zu tun, hier tagtäglich über die Runden zu kommen. Dieser Laden ist 'n Vollzeitprogramm.«

»Das hast du doch im Griff.«

»Das ist kein Musikschuppen, Mike, keine Kneipe.« Der Wein benebelte ihn auf angenehme Weise. Er zündete sich auch eine Zigarette an, wedelte den Rauch weg. »Hier herrscht der grausame Charme der Bourgeoisie, Eisenten und Hanseatenärsche, Mike. – Denk an den Alten, wie der sich aufgeführt hat. In Restaurants ... und überhaupt.«

Mike rieb sich die Bartstoppeln.

»Ich versuch es wiedergutzumachen«, sagte er.

»Gutmachen? Was? Was meinst du ...?«

»Was wir ihm angetan haben, Schorsch. Wir haben ihn zutiefst verletzt, und wir ... ich tue mein Bestes, um diese Schuld abzutragen.«

»Mein Gott! Großartig, das ist ja großartig ...«

»Ist das bei dir denn völlig weg?«

Mike. Ausgerechnet Mike kam ihm so. Er wollte davon nichts hören.

Sie gerieten aneinander, wurden laut und tranken weiter. Schliefen schließlich ein, unversöhnt, im Bett und auf der Couch in seiner über dem Restaurant gelegenen Wohnung.

Am nächsten Tag düste Mike ab nach Sylt, zu einem Wochenendseminar »Autonom leben«, was immer das hieß.

Sie hatten nur noch wenige Worte gewechselt.

Diesmal ließ sich Schorsch mehr Zeit für den Aufstieg in den vierten Stock. Er wartete auch noch kurz an der Wohnungstür und klingelte um Punkt zwölf. Ihm wurde umgehend geöffnet.

Jutta trug Businessoutfit, Nadelstreifenjackett, schmale Bügelfaltenhose, war wie immer top geschminkt, ihr wahres Alter war ihr nicht anzusehen.

Sie begrüßte Schorsch betont kühl.

Im Wohnzimmer standen Kaffeegedecke und Kekse, Wasser, Zigaretten und Ascher bereit. Auf der Récamiere ein schmaler Hefter, keine Aufschrift.

Jutta wies Schorsch den schlichten Sessel zu.

»Warst du erfolgreich?«, fragte sie.

»Ich hab ein bisschen mehr über Mike in Erfahrung gebracht.«

»Die Polizei nervt allmählich«, sagte Jutta und fasste für ihn zusammen, um was es ging. Schorsch musste laut lachen, verschluckte sich, hustete. Er langte nach der Wasserkaraffe.

»Ich finde das nicht lustig«, sagte Jutta.

»Wenn sie ordentlich ermitteln würden, kämen sie nicht auf so einen Scheiß.«

Er nahm zwei, drei Schluck Wasser, es war angenehm erfrischend.

Jutta ließ ihn nicht aus den Augen.

»Es gibt ein Bankfach«, sagte sie.

Schorsch hob die Augenbrauen.

»Gibt es das?«

»Die Kripo geht davon aus.«

»Dann darf man ja gespannt sein.«

»Schorsch …«

»Ja.«

»Schorsch, Mike und ich waren zwar nicht fest liiert, aber hin und wieder hatten wir doch sehr intensive Gespräche. In letzter Zeit schien er es auch immer ernster mit uns zu meinen.«

Kaum vorstellbar, sagte sich Schorsch. Er beschloss, es kurz zu machen.

»Okay, okay. Um was geht's dir? Ich hab was von ›ich schulde dir was‹ im Ohr.«

»Das ist richtig.«

»Und?«

Jutta griff nach ihren Zigaretten, zündete sich eine an. Sie lehnte sich zurück und schlug die Beine übereinander.

»Ich bin fest davon überzeugt«, sagte sie, »dass Mike etwas hinterlassen hat. Etwaige Verfügungen, Vermögenswerte, du weißt, was ich meine.«

»Ja. Ich erinnere mich dunkel, dass du mich auch schon nach seinem Apartment gefragt hast.«

»Seinem Eigentum.«

»Das möglicherweise an mich geht ...«

»Ich will, dass du es mir überschreibst.«

»Ich habe andere Pläne damit, Jutta. Und warum, warum bitte, sollte ich das tun?«

Jutta stand auf, ging rauchend ein paar Schritte hin und her.

»Zum einen«, sagte sie, »weil ich über viele Jahre hinweg für Mike da war und ... und er es mir erst in letzter Zeit gedankt hat.« Schorsch schnaubte, schüttelte den Kopf. Jutta ließ sich nicht irritieren. »Und zum anderen, weil Mord nicht verjährt.«

»Mord ...?«

»Ja, Mord, mein Lieber. Der Mord an der Geliebten eures Vaters.«

Sie blieb vor Schorsch stehen, sah auf ihn herab.

Schorsch lächelte. Es war ein schiefes Lächeln. Er musste sich zusammenreißen.

»Du denkst an die damaligen Gerüchte? Die beiden bösen Buben mit der Zukünftigen ihres Vaters allein im Wald. – Geschenkt, Jutta, echt geschenkt. Das war dummes Gerede. Das geht mir am Arsch vorbei.«

»Auch noch, wenn ich euren Vater ins Spiel bringe?«

»Der Alte ist seit vielen Jahren tot.«

»Habt ihr nie dran gedacht, dass er was hinterlassen haben könnte? Ein trauriges Wissen über die Tat seiner grausamen Söhne?«

»Fertig?«, fragte Schorsch schroff und stand jetzt auch auf.

»Euer Vater hat es mir anvertraut, seinen ganzen Schmerz und auch seine Zerrissenheit.« Sie zeigte auf den Hefter. »Kleine Briefe, Nachrichten von ihm an mich, Notizen von unseren kleinen Reisen, Fotos. Wir waren ... wir waren uns in seinen letzten Lebensjahren sehr ... sehr nah. Ihr habt euch ja so gut wie gar nicht um ihn gekümmert.«

»Erzähl mir keinen Scheiß!«, platzte es aus ihm heraus.

»Das tue ich nicht, Schorsch. Aber wenn du mir nicht glauben willst, dann interessiert es bestimmt die Kripo.« Schorsch sah ihr an, dass sie es ernst meinte, verteufelt ernst. »Aber wir können das auch vernünftig klären«, schloss sie.

Schorsch setzte sich zögernd wieder hin und nahm jetzt auch eine Zigarette.

Die Autobahnfahrt nach Hamburg verlief zügig, die Kommunikation zwischen Schorsch und Bonnie war stockend. Viele Zigaretten, etliche Dosen Coke, immer wieder langes Schweigen.

Sie erreichten die Stadt am frühen Abend. Schorsch zog sich gleich in sein Büro zurück, Bonnie ging in die Küche, um aus Frust den Koch wegen irgendeiner Lappalie zusammenzuscheißen.

Es brauchte einige Whiskys, um auch nur halbwegs runterzukommen. Als Khasib sich anwanzte, scheuchte er ihn weg. Er war auf dem besten Weg, sich bei der gesamten Belegschaft unbeliebt zu machen.

Kurz vor Mitternacht rief Schorsch Bonnie zu sich.

Auf dem Schreibtisch stapelten sich neben einem dicken DIN-A4-Umschlag ein gutes Dutzend Geldbündel.

»Es tut mir leid, Bonnie«, sagte Schorsch. »Aber es geht wirklich nicht anders, ist schon gut so. Wir finden für dich schon eine andere Möglichkeit.. Du musst doch nicht unbedingt nach Köln. Außerdem ...«

»Das ist nicht der Punkt«, unterbrach Bonnie ihn. »Die Alte hat dich gefickt. Die legt nach, hundertpro. Wie jeder schmierige Erpresser.«

»Das wird sie schon nicht.«

Bonnie zuckte die Achseln. »Ich sag's ja auch nur.«

»Ich kündige ihr gleich noch an, dass du morgen das Geld bringst. Das sind Fünfundsiebzigtausend. Apartmentschlüssel und die Überschreibung im Umschlag. Mikes gesamter Nachlass. Lass sie das unterschreiben. Und damit ist es ein für alle Mal erledigt.«

Bonnie zeigte keine Reaktion mehr. Er nahm die bereitgestellte Tragetasche und packte die Geldbündel ein.

Schorsch sah ihm ebenfalls schweigend zu.

Bonnie nahm gegen Mittag den ICE, erste Klasse, zahlte bar im Zug und las die ausliegenden Tageszeitungen. Auf halber Strecke ließ er sich einen Kaffee servieren.

Er hatte das Abteil für sich allein.

Kurz vor Köln schulterte er die Tragetasche und suchte die Toilette auf.

In der Bahnhofshalle schlenderte er an der Parfümerie vorbei, registrierte, dass die ihm von Schorsch beschriebene Person offensichtlich nicht im Geschäft war.

Er verzichtete darauf, einen Happen zu essen und ging zu Fuß zu Juttas Wohnadresse. Es war kein langer Weg.

Es war Rushhour, es war lärmig, und es herrschte hektisches Treiben.

Niemand achtete auf den anderen.

Bonnie blieb vor Juttas Wohnhaus stehen.

Er sah an der Fassade hinauf nach oben.

Hoch zum vierten Stock.

Die Fenster waren schon beleuchtet.

Die Wohnzimmerfenster, die Balkontür.

Es war ein schmaler Balkon mit einem hüfthohen Stahlgeländer.

Bonnie behielt ihn minutenlang im Blick.

Schließlich lächelte er. Ein dünnes Lächeln, und er lächelte es auch noch, als er bei Jutta Kotzke klingelte.

FRANK GÖHRE & ALF MAYER

King of Cool.
Die Elmore-Leonard-Story

Paperback. CulturBooks Verlag 2019. 240 Seiten. 15,00 Euro.
ISBN 978-3-95988-104-3

Ein lustvoller Ausflug in die Krimi- und Filmgeschichte, ein spannendes Lesebuch, eine packende Werkschau und ein assoziativer Lebensroman über einen Autor, der für die New York Times der »vielleicht beste Krimiautor aller Zeiten« war.

Elmore Leonard hat 44 Romane und zahlreiche Drehbücher geschrieben. Für die TV-Serie »Justified« lieferte er die Vorlage, und viele seiner Bücher wurden verfilmt (»Schnappt Shorty«, »Out of Sight« oder »Jackie Brown«).

Göhre und Mayer erzählen von Leonards Anfangsjahren in einer Werbeagentur und seinem Aufstieg zu einem der bestbezahlten Krimi- und Drehbuchautoren. Sie berichten von Dreharbeiten, lassen Zeitzeugen zu Wort kommen und beleuchten in Zitaten, Anekdoten und Nacherzählungen die Romane, Filme und das Leben des Kultautors. Arrangiert wie eine große und vergnügliche Jamsession. Als Leseabenteuer. Als Lebensroman. Die Elmore-Leonard-Story.

»Ein flirrendes Fest für den Leser.«
Andreas Ammer, BR2

CulturBooks Verlag

FRANK GÖHRE & ALF MAYER

Cops in the City.
Ed McBain und das 87. Polizeirevier

Ein Report. Paperback. CulturBooks Verlag 2016. 292 Seiten.
17,90 Euro. ISBN 978-3-95988-017-6

Ed McBain wurde 1926 als Salvatore Albert Lombino in New York geboren. Er schrieb das Drehbuch für Alfred Hitchcocks »Die Vögel« und veröffentlichte ab 1956 fünf Jahrzehnte lang insgesamt 55 Romane über das 87. US-Polizeirevier in einem scheinbar fiktiven, dennoch sehr realen New York. Ein groß angelegtes, vielschichtiges amerikanisches Sittenbild, das an die Projekte von Honoré de Balzac und Émile Zola erinnert.

Frank Göhre & Alf Mayer inszenieren ihren rasanten Trip durch fünf Jahrzehnte auf den Spuren der Detectives vom 87. Revier als ein großes Lesevergnügen. Sie stellen die Ermittler und ihre Fälle vor, zeigen die Veränderung einer Stadt und ihrer Kriminalität, beleuchten Ed McBains Arbeiten für Film und Fernsehen, und sein unermüdliches Schaffen.

»Gute Unterhaltung.« FAZ

CulturBooks Verlag

JOHNNY TEMPLE (HG.)

USA Noir

14 packende Geschichten der besten amerikanischen Noir-Autoren.
Übersetzt von Jan Karsten. CulturBooks Verlag 2019.
Paperback. 344 Seiten. 15,00 Euro. ISBN 978-3-95988-102-9

Ein spannender Roadtrip mit Joseph Bruchac, Lee Child, Michael Connelly, Jeffery Deaver, Barbara Demarco-Barrett, Maggie Estep, Jonathan Safran Foer, J. Malcolm Garcia, William Kent Krueger, Dennis Lehane, Joyce Carol Oates, Asali Solomon, Luis Alberto Urrea und Don Winslow.

Von Küste zu Küste: 14 herausragende Autorinnen und Autoren – von den Superstars der Szene bis zu literarischen Geheimtipps – nehmen Sie mit auf eine abenteuerliche Reise quer durch die USA. Vom brodelnden New York und den dicht besiedelten Städten der Ostküste über die Berge und Städte des Landesinneren bis zu den mythendurchdrungenen und hitzeflimmernden Metropolen der Westküste.

Starke Literatur, die berührend und spannend von den Schattenseiten des amerikanischen Traums erzählt. Von einer bunt schillernden Gegenwart voller ungewöhnlicher Milieus abseits der üblichen Touristenpfade. 14 kraftvolle, dichte Geschichten mit ungewöhnlichen Settings und Figuren – so abwechslungsreich und aufregend wie die USA selbst.

»Eine großartige Sammlung.«
Joachim Schneider, Badische Zeitung

CulturBooks Verlag

THOMAS WÖRTCHE (HG.)

Berlin Noir

13 Kurzgeschichten. Paperback. CulturBooks Verlag 2018.
336 Seiten. 15,00 Euro. ISBN 978-3-95988-101-2

Mit Originalgeschichten von Rob Alef, Max Annas, Zoë Beck, Katja Bohnet, Ute Cohen, Johannes Groschupf, Kai Hensel, Robert Rescue, Susanne Saygin, Matthias Wittekindt, Ulrich Woelk, Michael Wuliger, Miron Zownir.

13 Kurzgeschichten, 13 Blickwinkel, 13 Stadtviertel – und 13 faszinierende Teile eines größeren Puzzles. Ein spannendes literarisches Städteporträt aus extra für diese Anthologie geschriebenen Originalgeschichten etablierter Topautor/innen und aufregender Newcomer.

Das Verbrechen zieht seine blutige Spur vom noblen Grunewald bis in den tiefsten Wedding, vom beschaulichen Altglienicke über das bunte Kreuzberg bis ins lebendige Friedrichshain, spürt den tödlichen Geheimnissen der Geschichte nach und setzt die Gegenwart als dunkel schimmerndes Kaleidoskop neu zusammen.

»Wozu die deutsche Kriminalliteratur in der Lage ist, zeigt dieser fantastische Band.«

Thekla Dannenberg, Perlentaucher

CulturBooks Verlag

AURÉLIEN MASSON (HG.)

Paris Noir

12 exklusive Geschichten der besten Pariser Noir-Autoren.
Übersetzt von Zoë Beck, Jan Karsten, Martin Spieß
und Karen Gerwig. Paperback. CulturBooks Verlag 2017.
344 Seiten. 15,00 Euro ISBN 978-3-95988-024-4

Mit Salim Bachi, Didier Daeninckx, DOA, Jérôme Leroy, Dominique Mainard, Laurent Martin, Christoph Mercier, Patrick Pécherot, Chantal Pelletier, Jean-Bernard Pouy, Hervé Prudon und Mark Villard.

12 Kurzgeschichten, 12 Blickwinkel, 12 Stadtviertel – und 12 faszinierende Teile eines größeren Puzzles. Ein spannendes Städteporträt und eine Entdeckungsreise durch die Kriminalliteratur Frankreichs.

»Paris Noir« führt den Leser mit 12 exklusiven Storys durch die Banlieues und das mittelalterliche Zentrum der Stadt mit seinen gewundenen Gassen, seinen Geistern und den tief in der Geschichte vergrabenen Geheimnissen. Mitten hinein in Kriminalität, Schießereien, verwickelte Affären und zerstörte Träume – denn Paris ist nicht nur die Stadt der Liebe …

»Eine schwarze menschliche Komödie … Die Gespenster der Vergangenheit begegnen den Schrecken der Moderne.«

Fritz Göttler, Süddeutsche Zeitung

CulturBooks Verlag